U0729846

鲁迅译童话集

俄罗斯的童话

（苏）高尔基等 著　鲁迅 译

当代世界出版社

图书在版编目（CIP）数据

俄罗斯的童话／（苏）高尔基等著；鲁迅译 . —北京：当代世界出版社，
2014.11

（鲁迅译童话集）

ISBN 978-7-5090-0987-1

Ⅰ . ①俄… Ⅱ . ①高… ②鲁… Ⅲ . ①童话-作品集-苏联 Ⅳ . ① I512.88

中国版本图书馆 CIP 数据核字 (2014) 第 210812 号

书　　名：鲁迅译童话集 - 俄罗斯的童话
出版发行：当代世界出版社
地　　址：北京市复兴路 4 号（100860）
网　　址：http://www.worldpress.com.cn
编务电话：（010）83908456
发行电话：（010）83908409
　　　　　（010）83908377
　　　　　（010）83908455
　　　　　（010）83908423（邮购）
　　　　　（010）83908410（传真）
经　　销：全国新华书店
印　　刷：北京市玖仁伟业印刷有限公司
开　　本：880 毫米 ×1230 毫米　1/32
印　　张：9
字　　数：151 千字
版　　次：2014 年 11 月第 1 版
印　　次：2014 年 11 月第 1 次
书　　号：978-7-5090-0987-1
定　　价：35.00 元

出版总序

　　民国时期是中国从近代社会向现代社会转型蜕变的一个重要历史阶段。这个时期，政治风云变幻，思想文化激荡，内忧外患迭起。国家政治、经济、文化等均发生了翻天覆地的变化。新与旧、中与西、自由与专制、激进与保守、发展与停滞、侵略与反侵略，各种社会潮流在此期间汇聚碰撞，形成了变化万千的特殊历史景观。民国时期所出版的文献则是这一历史时期的全景式纪录，全面展现了民国时期波澜壮阔的历史画卷；精彩呈现了风云变幻的历史格局；生动描绘了西学东进，学术思想百家争鸣的繁荣局面；真实叙述了中华民族抵御外族入侵，走向民族独立的斗争历程。因此，民国文献具有极其珍贵的历史文物性、学术资料性及艺术代表性。

　　民国时期是我国近代出版业萌芽和飞速发展的一个时期，规模层次各不相同的出版机构栉次鳞比，难以胜数。

既有譬如商务印书馆、中华书局、开明书店、世界书局、大东书局等这样著名的出版机构，亦有在出版史上昙花一现，出版物硕果仅存的小书局。对于民国时期出版物的总量，目前还没有非常精确的统计。国家图书馆在20世纪90年代，联合上海图书馆、重庆图书馆，以三馆馆藏为基础整理出版了《民国时期总书目》，收录中文图书124040种。据有关学者调查统计，这一数量大约为民国时期图书总出版量的九成左右。如果从学科内容区分，人文社会科学方面的出版物在数量上占绝对优势。

国家图书馆是国内外重要的民国文献收藏机构，馆藏宏富，并且作为国内图书馆界的领头羊，一向重视民国文献的保存保护。由于民国文献因其所用纸张极易酸化、老化等客观原因，绝大多数已存在不同程度的损毁，难堪翻阅。为保存保护民国文献，不使我们传承出现文献上的断层，也为更多读者能够从不同角度阅读利用到民国文献，2011年，国家图书馆联合国内文献收藏单位，策划了"民国时期文献保护计划"项目。随着项目的展开，在文献普查、海外文献征集、整理出版等各方面工作逐步取得了重要成果。

典藏阅览部作为国家图书馆内肩负民国文献典藏管理职责的部门，近年来在多个层面加大了对于民国文献的保存保护力度，组建了专门的团队，对民国文献进行保护性的整理开发，先后出版了《民国时期连环图画总目》《国家图书馆藏民国时期毛边书举要》《民国时期著名图书馆馆刊荟萃》等。

然而，民国时期出版物种类繁多、内容丰富，即就国家图书馆馆藏而言，从早期的中译本《共产党宣言》到我国的第一本毛边本《域外小说集》；从大批的政府公报到名家译作，涵盖之广，其所具备的艺术价值、史料价值，亦足令人惊叹。相较之下，我们的整理工作方才起步。为不使这些闪烁着大家智识之光的思想结晶空自蒙尘，为使更广大的读者能够从中汲取养料，我们将陆续择其精者，将其重新排印出版，希望读者能够喜欢。

国家图书馆

2014 年 9 月

《俄罗斯的童话》引言

　　这是我从去年秋天起，陆续译出，用了"邓当世"的笔名，向《译文》投稿的。

　　第一回有这样的几句后记：

　　"高尔基这人和作品，在中国已为大家所知道，不必多说了。

　　"这俄罗斯的童话，共有十六篇，每篇独立；虽说'童话'，其实是从各方面描写俄罗斯国民性的种种相，并非写给孩子们看的。发表年代未详，恐怕还是十月革命前之作；今从日本高桥晚成译本重译，原在改造社版《高尔基全集》第十四本中。"

　　第二回，对于第三篇，又有这样的后记两段：

　　"《俄罗斯的童话》里面，这回的是最长的一篇，主人公们之中，这位诗人也是较好的一个，因为他终于不肯靠装活死人吃饭，仍到葬仪馆为真死人出力去了，虽然大半也许为了他的孩子们竟和帮闲'批评家'一样，个个是红头毛。我看作者对于他，是有点宽恕的，——而他真也值得宽恕。

"现在的有些学者说：文言白话是有历史的。这并不错，我们能在书本子上看到；但方言土语也有历史——只不过没有人写下来。帝王卿相有家谱，的确证明着他有祖宗；然而穷人以至奴隶没有家谱，却不能成为他并无祖宗的证据。笔只拿在或一类人的手里，写出来的东西总不免于蹊跷，先前的文人哲士，在记载上就高雅得古怪。高尔基出身下等，弄到会看书，会写字，会作文，而且作得好，遇见的上等人又不少，又并不站在上等人的高台上看，于是许多西洋镜就被拆穿了。如果上等诗人自己写起来，是决不会这模样的。我们看看这，算是一种参考罢。"

从此到第九篇，一直没有写后记。

然而第九篇以后，也一直不见登出来了。记得有时也又写有后记，但并未留稿，自己也不再记得说了些什么。写信去问译文社，那回答总是含含糊糊，莫名其妙。不过我的译稿却有底子，所以本文是完全的。

我很不满于自己这回的重译，只因别无译本，所以姑且在空地里称雄。倘有人从原文译起来，一定会好得远远，那时我就欣然消灭。

这并非客气话，是真心希望着的。

一九三五年八月八日之夜

鲁迅

《坏孩子和别的奇闻》引言

　　司基塔列慈（Skitalez）的"契诃夫纪念"里，记着他的谈话——

　　"必须要多写！你起始唱的夜莺歌，如果写了一本书，就停止住，岂非成了乌鸦叫！就依我自己说：如果我写了头几篇短篇小说就搁笔，人家决不把我当做作家！契红德！一本小笑话集！人家以为我的才学全在这里面。严肃的作家必说我是另一路人，因为我只会笑。如今的时代怎么可以笑呢？"（耿济之译，"译文"二卷五期。）

　　这是一九〇四年一月间的事。到七月初，他死了。他在临死这一年，自说的不满于自己的作品，指为"小笑话"的时代，是一八八〇年。他二十岁的时候起，直至一八八七年的七年间，在这之间，他不但用"契红德"（Antosha Chekhonte）的笔名，还用种种另外的笔名，在各种刊物上，发表了四百多篇的短篇小说，小品，速写，杂文，法院通信之类。一八八六年，才在彼得堡的大报"新时代"上投稿；有些批评家和传记家以为这时候，契诃夫才开始真的创作，作品渐有特色，增多人生的要素，观察也愈加深邃起来。这和契诃夫自述的话是相合的。

这里的八个短篇，出于德文译本，却正是全属于"契红德"时代之作，大约译者的本意，是并不在严肃地绍介契诃夫的作品，却在辅助玛修丁（V. N. Massiutin）的木刻插画的。玛修丁原是木刻的名家，十月革命后，还在本国为勃洛克（A. Block）刻"十二个"的插画，后来大约终于跑到德国去了，这一本书是他在外国的谋生之术。我的翻译，也以绍介木刻的意思为多，并不注重于小说。

这些短篇，虽作者自以为"小笑话"，但和中国普通之所谓"趣闻"，却又截然两样的。它不是简单的只招人笑。一读自然往往会笑，不过笑后总还剩下些什么，——就是问题。生瘤的化装，蹩脚的跳舞，那模样不免使人笑，而笑时也知道：这可笑是因为他有病。这病能医不能医。这八篇里面，我以为没有一篇是可以一笑就了的。但作者自己却将这些指为"小笑话"，我想，这也许是因为他谦虚，或者后来更加深广，更加严肃了。

一九三五年九月十四日

鲁迅

目　录

俄罗斯的童话……………………………………………… 001

一 ………………………………………………………… 003

二 ………………………………………………………… 007

三 ………………………………………………………… 013

四 ………………………………………………………… 035

五 ………………………………………………………… 041

六 ………………………………………………………… 047

七 ………………………………………………………… 055

八 ………………………………………………………… 061

九 ………………………………………………………… 067

十 ………………………………………………………… 075

十一 ……………………………………………………… 085

十二 ……………………………………………………… 093

十三 ……………………………………………………… 097

十四 ……………………………………………… 103

十五 ……………………………………………… 107

十六 ……………………………………………… 111

坏孩子和别的奇闻 ……………………… 117

坏孩子 ………………………………………… 119

难解的性格 …………………………………… 125

假病人 ………………………………………… 131

簿记课副手日记抄 …………………………… 139

那是她 ………………………………………… 145

波斯勋章 ……………………………………… 153

暴躁人 ………………………………………… 161

阴　谋 ………………………………………… 177

译者后记 ……………………………………… 185

小彼得 ……………………………………… 191

煤的故事 ……………………………………… 193

火柴盒子的故事 ……………………………… 203

水瓶的故事 ·· 211

毯子的故事 ·· 221

铁壶的故事 ·· 231

破雪草的故事 ··· 243

国图典藏版本展示 ································· 249

俄罗斯的童话

高尔基像

一

　　一个青年，明知道这是坏事情，却对自己说——

　　"我聪明，会变博学家的罢。这样的事，在我们，容易得很。"

　　他于是动手来读大部的书籍，他实在也不蠢，悟出了所谓知识，就是从许多书本子里，轻便地引出证据来。

　　他读透了许多艰深的哲学书，至于成为近视眼，并且得意地摆着被眼镜压红了的鼻子，对大家宣言道——

　　"哼！就是想骗我，也骗不成了！据我看来，所谓人生，不过是自然为我而设的罗网！"

　　"那么，恋爱呢？"生命之灵问。

　　"阿，多谢！但是，幸而我不是诗人！不会为了一切干酪，钻进那逃不掉的义务的铁栅里去的！"

　　然而，他到底也不是有什么特别才干的人，就只好决计去做哲学教授。

　　他去拜访了学部大臣，说——

"大人，我能够讲述人生其实是没有意思的，而且对于自然的暗示，也没有服从的必要。"

大臣想了一想，看这话可对。

于是问道——

"那么，对于上司的命令，可有服从的必要呢？"

"不消说，当然应该服从的！"哲学家恭恭敬敬地低了给书本磨灭了的头，说："这就叫做'人类之欲求'……"

"唔，就是了，那么，上讲台去罢，月薪是十六卢布。但是，如果我命令用自然法来做教授资料的时候，听见么——可也得抛掉自由思想，遵照的呵！这是决不假借的！"

"我们，生当现在的时势，为国家全体的利益起见，或者不但应该将自然的法则也看作实在的东西，而还得认为有用的东西也说不定的——部份的地！"

"哼，什么！谁知道呢！"哲学家在心里叫。

但嘴里却没有吐出一点声音来。

他这样的得了位置。每星期一点钟，站在讲台上，向许多青年讲述。

"诸君！人是从外面，从内部，都受着束缚的。自然，是人类的雠敌；女人，是自然的盲目的器械。从这些事实看起来，我们的生活，是完全没有意义的。"

他有了思索的习惯，而且时常讲得出神，真也像很漂亮，很诚恳。年轻的学生们很高兴，给他喝彩。他恭敬地点着秃头。他那小小的红鼻子，感激得发亮。就这样地，什么都非常合适。

吃食店里的饭菜，于他是有害的——像一切厌世家一样，他苦于消化不良。于是娶了妻，二十九年都在家庭里用膳。在用功的余闲中，在自己的不知不觉中，生下了四个儿女，但后来，他死掉了。

带着年轻的丈夫的三位女儿，和爱慕全世界一切女性的诗人的他的儿子，都恭敬地，并且悲哀地，跟在他灵柩后面走。学生们唱着"永远的纪念"。很响亮，很快活，然而很不行。坟地上是故人的同事的教授们，举行了出色的演说，说故人的纯正哲学是有系统的。诸事都堂皇，盛大，一时几乎成了动人的局面。

"老头子到底也死掉了。"大家从坟地上走散的时候，一个学生对朋友说。

"他是厌世家呀。"那一个回答道。

"喂，真的吗？"第三个问。

"厌世家，老顽固呵。"

"哦！那秃头么，我倒没有觉得！"

第四个学生是穷人，着急地问道——

"开吊的时候，会来请我们吗？"

来的，他们被请去了。

这故教授，生前做过许多出色的书，热烈地，美丽地，证明了人生的无价值。销路很旺，人们看得很满意。无论如何——人是总爱美的物事的！

遗族很好，过得平稳——就是厌世主义，也有帮助平稳的力量的。

开吊非常热闹。那穷学生，见所未见似的大嚼了一通。

回家之后，和善地微笑着，想道——

"唔！厌世主义也是有用的东西……"

二

还有一桩这样的故事。

有一个人，自以为是诗人，在做诗，但不知怎的，首首是恶作。因为做不好，他总是在生气。

有一回，他在市上走着的时候，看见路上躺着一枝鞭——大约是马车夫掉下的罢。

诗人可是得到"烟士披里纯"了，赶紧来做诗——

路边的尘埃里，黑的鞭子一样，

蛇的尸身被压碎而卧着。

在其上，蝇的嗡嗡凄厉地叫着，

在其周围，甲虫和蚂蚁成群着。

从撕开的鳞间，

看见白的细的肋骨圈子。

蛇哟！你使我记得了，

死了的我的恋爱……

这时候，鞭子用它那尖头站起来了，左右摇动着，说道——

"喂，为什么说谎的，你不是现有老婆吗，该懂得道理罢，你在说谎呀！喂，你不是一向没有失恋吗，你倒是喜欢老婆，怕老婆的……"

诗人生气了。

"你哪里懂得这些！"

"况且诗也不像样……"

"你们不是连这一点也做不出来吗！你除了呼呼地叫之外，什么本领也没有，而且连这也不是你自己的力量呀。"

"但是，总之，为什么说谎的！并没有失过恋罢？"

"并不是说过去，是说将来……"

"哼，那你可要挨老婆的打了！你带我到你的老婆那里去……"

"什么，还是自己等着罢！"

"随便你！"鞭子叫着，发条似的卷成一团，躺在路上了，并且想着人们的事情。诗人也走到酒店里，要一瓶啤酒，也开始了默想——但是关于自己的事情。"鞭子什么，废物罢了，不过诗做得不好，却是真的！奇怪！有些人总是做坏诗，但偶然做出好诗来的人却也有——这世间，恐怕什么都是不规则的罢！无聊的世间……"

他端坐着，喝起来，于是对于世间的认识，渐渐的深刻，终于达到坚固的决心了——应该将世事直白地说出来，就是：这世间的东西，毫无用处。活在这世间，倒是人类的耻辱！他将这样的事情，沉思了一点多钟，这才写了下来的，是下面那样的诗——

我们的悲痛的许多希望的斑斓的鞭子，

把我们赶进"死蛇"的盘结里，

我们在深霭中彷徨。

阿哟，打杀这自己的希望哟！

希望骗我们往远的那边，

我们被在耻辱的荆棘路上拖拉，

一路凄怆伤了我的心，

到底怕要死的一个不剩……。

就用这样的调子，写好了二十八行。

"这妙极了！"诗人叫道，自己觉得非常满意，回到家里去了。

回家之后，就拿这诗读给他女人听，不料她也很中意。

"只是，"她说，"开首的四行，总好像并不这样……"

"那里，行的很！就是普式庚，开篇也满是谎话的。而且那韵脚又多么那个？好像派腻唏达[1]罢！"

于是他和自己的男孩子们玩耍去了。把孩子抱在膝上，逗着，一面用次中音（tenor）唱起歌来：

飞进了，跳进了。

别人的桥上！

哼。老子要发财，

造起自己的桥来，

谁也不准走！

他们非常高兴地过了一晚。第二天，诗人就将诗稿送给编辑先生了。编辑先生说了些意思很深的话，编辑先生们原是深于思想的。所以，杂志之类的东西，也使人看不下去。

"哼，"编辑先生擦着自己的鼻子，说："当然，这不坏，要而言之，是很适合时代的心情的。适合得很！唔，是的，你现在也许发现了自己了。那么，你还是这样地做下去罢……一行十六戈贝克[2]……四卢布四十八戈贝克……阿

---

[1] Panikhida 是追荐死者的祈祷会，这时用甜的食品供神，所以在这里，就成了诗有甘美的调子的意思。——译者注

[2] 一百戈贝克为一卢布，一戈贝克那时约值中国钱一分。——译者注

唷，恭喜恭喜。”

后来，他的诗出版了，诗人像自己的命名日一样的喜欢，他女人是热烈地和他接吻。并且献媚似的说道——

“我，我的可爱的诗人！阿阿，阿阿……”

他们就这样地高高兴兴地过活。

然而，有一个青年——很良善，热烈地找寻人生的意义的青年，却读了这诗，自杀了。

他相信，做这诗的人，当否定人生以前，是也如他的找寻一样，苦恼得很长久，一面在人生里面，找寻过那意义来的。他没有知道这阴郁的思想，是每一行卖了十六戈贝克。他太老实了。

但是，我极希望读者不要这样想，以为我要讲的是虽是鞭子那样的东西，有时也可以给人们用得有益的。

三

　　埃夫斯契古纳·沙伐庚是久在幽静的谦虚和小心的羡慕里生活下来的，但忽然之间，竟意外地出了名了。那颠末，是这样的。

　　有一天，他在阔绰的宴会之后，用完了自己的最后的六格林那[1]。次早醒来，还觉着不舒服的凤醉。乏透了的他，便去做习惯了的自己的工作去了，那就是用诗给"匿名殡仪馆"拟广告。

　　对着书桌，淋淋漓漓地流着汗，怀着自信，他做好了——

　　　　您颈子和前额都被殴打着，
　　　　到底是躺在暗黑的棺中……
　　　　您，是好人，是坏人，
　　　　总之是拉到坟地去……
　　　　您，讲真话，或讲假话，

_____

[1]一格林那现在约值中国钱二角。——译者注

也都一样，您是要死的！

这样地写了一阿耳申[1]半。

他将作品拿到"殡仪馆"去了，但那边却不收。

"对不起，这简直不能付印。许多故人会在棺材里抱憾到发抖也说不定的。而且也不必用死来训诫活人们，因为时候一到，他们自然就死掉了……"

沙伐庚迷惑了。

"哑！什么话！给死人们担心，竖石碑，办超度，但活着的我——倒说是饿死也不要紧吗……"

抱着消沉的心情，他在街上走，突然看到的，是一块招牌。白地上写着黑字——

"送终。"

"还有殡仪馆在这里，我竟一点也不知道！"

埃夫斯契古纳高典得很。

然而这不是殡仪馆，却是给青年自修用的无党派杂志的编辑所。

编辑兼发行人是有名的油坊和肥皂厂主戈复卢辛的儿子，名叫摩开，虽说消化不良，却是一个很活动的青年，他对沙伐庚，给了殷勤的款待。

---

[1] 一阿耳申约中国二尺强。——译者注

摩开一看他的诗，立刻称赞道——

"您的'烟士披离纯'，就正是谁也没有发表过的新诗法的言语。我也决计来搜索这样的诗句罢，像亚尔戈舰远征队的赫罗斯忒拉特似的！"

他说了谎，自然是受着喜欢旅行的评论家拉赛克·希复罗忒加的影响的。他希复罗忒加这人，也就时常撒谎，因此得了伟大的名气。

摩开用搜寻的眼光，看定着埃夫斯契古纳，于是反复地说道——

"诗材，是和我们刚刚适合的。不过要请您明白，白印诗歌，我们可办不到。"

"所以，我想要一点稿费。"他实招了。

"给，给你么？诗的稿费么？你在开玩笑罢！"摩开笑道，"先生，我们是三天以前才挂招牌的，可是寄来的诗，截到现在已经有七十九萨仁[1]了！而且全部都是署名的！"

但埃夫斯契古纳不肯退让，终于议定了每行五个戈贝克。

"然而，这是因为您的诗做得好呀！"摩开说明道，"您还是挑一个雅号罢，要不然，沙伐庚可不大有意思。譬如罢，澌灭而绝息根[2]之类，怎样呢？不很幽默吗！"

[1] 一萨仁约中国七尺。——译者注

[2] Smelti 就是"死"的意思。——译者注

"都可以的。我只要有稿费就好，因为正要吃东西……"埃夫斯契古纳回答说。

他是一个质朴的青年。

不多久，诗在杂志创刊号的第一页上登出来了。

"永劫的真理之声"是这诗的题目。

从这一天起，他的名声就大起来，人们读了他的诗，高兴着——

"这好孩子讲着真话。不错，我们活着。而且不知怎的，总是这么那么的在使劲，但竟没有觉到我们的生活，是什么意义也没有的。真了不得，澌灭面绝息根！"于是有夜会，婚礼，葬礼，还有做法事的时候，人们就来邀请他了。他的诗，也在一切新的杂志上登出来，贵到每行五十戈贝克，在文学上的夜会里，凸着胸脯的太太们，也恍惚地微笑着，吟起"澌灭而绝息根"的诗来了。

> 日日夜夜，生活呵叱着我们，
>
> 各到各处，死亡威吓着我们。
>
> 无论用怎样的看法，
>
> 我们总不过是腐败的牺牲！

"好极了！""难得难得！"大家嚷着说。

"这样看来，也许我真是诗人罢？"埃夫斯契古纳想道。于是就慢慢地自负起来，用了黑的斑纹的短袜和领结，裤子也要有白横纹的黑地的了。还将那眼睛向各处瞟，用着矜持的调子来说话——

"唉唉，这又是，多么平常的，生活法呢！"就是这样的调子。

看了一遍镇灵礼拜式用的经典，谈吐之间，便用些忧郁的字眼，如"复次""洎夫彼时""枉然"之类了。

他的周围，聚集着各方面的批评家，化用着埃夫斯契古纳赚来的稿费，在向他鼓动——

"埃夫斯契古纳，前进呀，我们来帮忙！"

的确，当埃夫斯契古纳·澌灭而绝息根的诗，幻影和希望的旧账这一本小本子出版的时候，批评家们真的特别恳切地将作者心里的深邃的寂灭心情称赞了一番。埃夫斯契古纳欢欣鼓舞，决计要结婚了。他便去访一个旧识的摩登女郎银荷特拉·沙伐略锡娜，说道——

"阿阿，多么难看，多么惹厌哟。而且是多么不成样子的人呵！"

她早就暗暗地等候着这句话，于是挨近他的胸膛，溶化在幸福里，温柔地低语道——

"我，就是和你携着手，死了也情愿哟！"

"命该灭亡的你哟！"埃夫斯契古纳感叹了。

为情热受了伤，几乎要死的银荷特拉，便回答道——

"总归乌有的人呵！"

但立刻又完全复了原，约定道——

"我们俩是一定要过新式的生活的呀！"

澌灭而绝息根早已经历过许多事，而且是熟悉了的。

"我，"他说，"是不消说，无论什么因袭，全然超越了的。但是，如果你希望，那么，在坟地的教堂里去结婚也可以的！"

"问我可希望？是的，赞成！并且婚礼一完，就教傧相们马上自杀罢！"

"要大家这样，一定是办不到的，但古庚却可以，他已经想自杀了七回了。"

"还有，牧师还是老的好，对不对，像是就要死了一样的人……"

他们俩就这样地耽着他们一派的潇洒和空想。一直坐到月亮从埋葬着失了光辉的数千亿太阳，冰结的流星们跳着死的跳舞的天界的冰冷的坟洞中——在死绝了的世界的无边的这空旷的坟地上，凄凉地照着吞尽一切要活而且能活的东西的地面，露出昏暗的脸来。呜呼，惟有好像朽木之光的这伤心的死了的月色，是使敏感的人的心，常常想到存在的意义，就是败坏的。

　　澌灭而绝息根活泼了，已经到得做诗也并不怎么特别的为难的地步，而且用了阴郁的声音，在未来的骸骨的那爱人的耳边低唱起来。

　　　　听哟，死用公平的手，

　　　　打鼓似的敲着棺盖。

　　　　从尽敲的无聊的工作日的寻常的混杂中，

　　　　我明明听到死的呼声。

　　　　生命以虚伪的宣言，和死争斗，

　　　　招人们到它的诡计里。

　　　　但是我和你哟——

　　　　不来增添生命的奴隶和俘囚的数目！

　　　　我们是不给甘言所买收的。

　　　　我们两个知道——

　　　　所谓生命，只是病的短促的一刹那，

　　　　那意义，是在棺盖的下面。

　　"唉唉，像是死了似的心情呀！"银荷特拉出神了，"真像坟墓一样呀。"她是很清楚地懂得一切这样的玩笑的。

　　有了这事之后四十天，他们便在多活契加的尼古拉这地方——被满是自足的坟墓填实的坟地所围绕的旧的教堂里，行了结婚式。体裁上，请了两个掘坟洞的工人来做证婚人，出名的愿意自杀的人们是傧相。从新娘的朋友里面，还挑了三个歇斯底里病的女人。其中的一个，已曾吞过醋精，别的两个是决心要学的人物。而且有一个还立誓在婚礼后第九天，就要和这世间告别了。

当大家走到后门的阶沿的时候，一个遍身生疮的青年，也是曾用自己的身子研究过六〇六的效验的傧相，拉开马车门，凄凉地说道——

"请，这是柩车！"

身穿缀着许多黑飘带的白衣，罩上黑的是面纱的新娘，快活得好像要死了。但澌灭而绝息根却用他湿漉漉的眼睛，遍看群众，一面问那傧相道——

"新闻记者到了罢！"

"还有照相队——"

"嘶，静静的，银荷契加……"

新闻记者们因为要对诗人致敬，穿着擎火把人的服装、照相队是扮作刽子手模样。至于一般的人们——在这样的人们，只要看得有趣，什么都是一样的——他们大声称赞道——

"好呀，好呀！"

连永远饿着肚子的乡下人，也附和着他们，叫道——

"入神得很！"

"是的，"新郎澌灭而绝息根在坟地对面的饭店里，坐在晚餐的桌边，一面说，"我们是把我们的青春和美丽葬送了！只有这，是对于生命的胜利！"

"这都是我的理想，是你抄了去的罢？"银荷特拉温和地问。

"说是你的？真的吗？"

"自然是的。"

"哼……谁的都一样——"

我和你，是一心同体的！

两人从此永久合一了。

这，是死的贤明的命令，

彼此都是死的奴隶。

死的跟丁。

"但是，总之，我的个性，是决不给你压倒的！"她用妖媚的语调，制着机先，说，"还有那跟丁，我以为'跟'字和'丁'字，吟起来是应该拉得长是的！但这跟丁，对于我，总似乎还不很贴切！"

澌灭而绝息根还想征服她，再咏了她一首。

命里该死的我的妻哟！

我们的"自我"是什么呢？

有也好，无也好——

不是全都一样吗？

动的也好，静的也好——

你的必死是不变的！

"不，这样的诗，还是写给别人去罢。"她稳重地说。

许多时光，叠连着这样的冲突之后，渐灭而绝息根的家里，不料生了孩子——女孩子了，但银荷特拉立刻吩咐道——

"去定做一个棺材样的摇篮来罢！"

"这不是太过了吗？银荷契加。"

"不，不的，定去！如果你不愿意受批评家和大家的什么骑墙呀，靠不住呀的攻击，主义是一定得严守的！"

她是一个极其家庭式的主妇。亲手腌王瓜，还细心搜集起对于男人的诗的一切批评来。将攻击的批评撕掉，只将称赞的弄成一本，用了作者赞美家的款子，出版了。

因为东西吃得好，她成了肥胖的女人了，那眼睛，总是做梦似的蒙眬着，惹起男人们命中注定的情热的欲望来。她招了那雄壮的，红头发的熟客的批评家，和自己并肩坐下，于是将蒙眬的瞳神直射着他的胸膛。故意用鼻声读她丈夫的诗，然后好像要他佩服似的，问道——

"深刻罢？强烈罢？"

那人在开初还不过发吼似的点头，到后来，对于那以莫名其妙的深刻，突入了我们可怜人所谓"死"的那暗黑的"秘密"的深渊中的澌灭而绝息根，竟每月做起火焰一般的评论来了，他并且以玲珑如玉的纯真之爱，爱上了死。他那琥珀似的灵魂，则并未为"存在之无目的"这一种恐怖的认识所消沉，却将那恐怖化了愉快的号召和平静的欢喜，那就是来扑灭我们盲目的灵魂所称为"人生"的不绝的凡庸。

得了红头毛人物——他在思想上，是神秘主义者，是审美家；在职业上，是理发匠。那姓，是卜罗哈尔调克。——的恳切的帮助，银荷特拉还给埃夫斯契古纳开了公开的诗歌朗诵会。他在高台上出现，左右支开了两只脚，用羊一般的白眼，看定了人们，微微地摇动着生着许多棕皮色杂物的有棱角的头，冷冷地读起来——

为人的我们，就如在向着死后的

暗黑世界去旅行的车站……

你们的行李愈是少，那么，

为了你们，是轻松，便当的！

不要思想，平凡地生活罢！

如果谦虚，那就纯朴了。

从摇篮到坟地的路径，是短的！

为着人生，死在尽开车人的职务！

"好哇好哇，"完全满足了的民众叫了起来，"多谢！"

而且大家彼此说——

"做得真好，这家伙，虽然是那么一个瘟生！"

知道澌灭而绝息根曾经给"匿名葬仪馆"做过诗的人们也有在那里，当然，至今也还以为他那些诗是全为了"该馆"的广告而作的，但因为对于一切的事情，全都随随便便，所以只将"人要吃"这一件事紧藏在心头不再开口了。

"但是，也许我实在是天才罢，"澌灭而绝息根听到民众的称赞后的叫声，这样想。"所谓'天才'到底是什么，不是谁也不明白么，有些人，却以为天才是欠缺智力的人……但是，如果是这样……"

他会见相识的人，并不问他健康，却问"什么时候死掉"了。这一件事，也从大家得了更大的赏识。

太太又将客厅布置成坟墓模样。安乐椅是摆着做出坟地的丘陵样的淡绿色的，周围的墙壁上，挂起临写辉耶的画的框子来，都是辉耶的画，另外还有，也挂威尔支的！

她自负着，说——

"我们这里，就是走进孩子房去，也会感到死的气息的，孩子们睡在棺材里，保姆是尼姑的样子——对啦，穿着白线绣出骷髅呀，骨头呀的黑色长背心，真是妙得很呵！埃夫斯契古纳，请女客们去看看孩子房呀！男客们呢，就请到卧室去……"

她温和地笑着，给大家去看卧室的铺陈。石棺式的卧床上，挂着缀有许多银白流苏的黑色的棺材罩。还用槲树雕出的骷髅，将它勒住。装饰呢——是微细的许多白骨，像坟地上的蛆虫一样，在闹着玩。

"埃夫斯契古纳是，"她说明道，"给自己的理想吸了进去，还盖着尸衾睡觉的哩！"

有人给吓坏了——

"盖尸衾睡觉？"

她忧愁地微笑了一下。

但是，埃夫斯契古纳的心里，还是质直的青年，有时也不知不觉地这样想——

"如果我实在是天才，那么，这是怎么一回事呢。批评呢，说着什么澌灭而绝息根的影响呀，诗风呀，但是，这我……我可不相信这些！"

有一回，卜罗哈尔调克运动着筋肉，跑来了，凝视了他之后，低声问道——

"做了么？你多做一些罢，外面的事情，自有尊夫人和我会料理的……你这里的太太真是好女人，我佩服……"

就是澌灭而绝息根自己，也早已觉到这事的了，只因为没有工夫和喜欢平静的心，所以对于这事，什么法也不想。

但卜罗哈尔调克，有一次，舒服地一屁股坐在安乐椅子上，恳恳地说道——

"兄弟，我起了多少茧，怎样的茧，你该知道罢，就是拿破仑身上，也没有过这样的茧呀……"

"真可怜……"银荷特拉漏出叹息来，但澌灭而绝息根却在喝着咖啡，一面想。

"女子与小人，到底无大器，这句话说得真不错！"

自然，他也如世间一般的男人一样，对于自己的女人，是缺少正当的判断的。她极热心地鼓舞着他的元气——

"斯契古纳息珂[1]，"她亲爱地说，"你昨天一定也是什么都没有写罢？你是总是看不起才能的！去做诗去，那么我就送咖啡给你……"

他走出去，坐在桌前了。而不料做成了崭新的诗——

---

[1] 就是埃夫斯契古纳的亲爱的称呼。——译者注

　　我写了多少。

　　平常事和昏话呵，银荷特拉哟。

　　为了衣裳，为了外套，

　　为了帽子，镶条，衫脚边！

　　这使他吃了一吓，心里想到的，是"孩子们"。

　　孩子有三个。他们必得穿黑的天鹅绒。每天上午十点钟，就有华丽的柩车在大门的阶沿下等候。

　　他们坐着，到坟地上去散步，这些事情，全都是要钱的。

　　澌灭而绝息根消沉着，一行一行地写下去了——

　　死将油腻的尸臭，

　　漂满了全世界。

　　生却遭了老鹰的毒喙，

　　像在那骨立的脚下挣扎的"母羊一样"。

　　"但是，斯契古纳息珂，"银荷特拉亲爱地说，"那是，也不一定的！怎么说呢？玛沙[1]，怎么说才好呢？"

　　"埃夫斯契古纳，这些事，你是不知道的，"卜罗哈尔调克低声开导着，说，"你不是'死亡赞美歌'的作家吗？

[1]就是卜罗哈尔调克的小名。——译者注

所以，还是做那赞美歌罢……"

"然而，在我的残生中，这是新阶段哩！"澌灭而绝息根反驳道。

"阿呀，究竟是怎样的残生呢？"那太太劝谕道，"还得到耶尔达那些地方去，你倒开起玩笑来了！"

一方面，卜罗哈尔调克又用了沉痛的调子，告诫道——

"你约定过什么的呀？对吗，留心点罢，'母羊一样'这句，令人不觉想起穆阳一这一个大臣的名字[1]来。这是说不定会被看做关于政治的警句的！因为人民是愚蠢，政治是平庸的呀！"

"唔，懂了，不做了。"埃夫斯契古纳说，"不做了！横竖都是胡说八道！"

"你应该时时留心的，是你的诗近来不但只使你太太一个人怀疑了哩！"卜罗哈尔调克给了他警告。

有一天，澌灭而绝息根一面望着他那五岁的女儿丽莎在院里玩耍，一面写道——

　　　幼小的女儿在院子里走，

　　　雪白的手胡乱的拗花……

---

[1] "母羊一样"的原语是"凯克·渥夫札"，所以那人名原是"凯可夫札夫"。——译者注

小女儿哟，不要拗花了罢，

看哪，花就像你一样，真好！

幼小的女儿，不说话的可怜的孩子哟！

死悄悄地跟在你后面，

你一弯腰，扬起大镰刀的死

就露了牙齿笑嘻嘻地在等候……

小女儿哟！死和你可以说是姊妹——

恰如乱拗那清净的花一样，

死用了锐利的，永远锐利的大镰刀，

将你似的孩子们砍掉……

"但是，埃夫斯契古纳，这是感情的呀。"银荷特拉生气了，大声说。

"算了罢！你究竟将什么地方当做目的，在往前走呢？你拿你自己的天才在做什么了呀？"

"我已经不愿意了。"渐灭而绝息根阴郁地说。

"不愿意什么？"

"就是那个，死，死哟——够了！那些话，我就讨厌！"

"莫怪我说，你是糊涂虫！"

"什么都好。天才是什么，谁也没有明白。我是做不来了，……什么寂灭呀，什么哟，统统收场了。我是人……"

"阿呀，原来，是吗？"银荷特拉大声讥刺道。

"你不过是一个平常的人吗？"

"对啦，所以喜欢一切活着的东西……"

"但是，现代的批评界却已经看破，凡是诗人，是一定应该清算了生命和一般凡俗的呵！"

"批评界？"澌灭而绝息根大喝道："闭你的嘴，这不要脸的东西！那所谓现代的批评这家伙，和你在衣橱后面亲嘴，我是看得清清楚楚的！"

"那是，却因为给你的诗感动了的缘故呀！"

"还有，家里的孩子们都是红头毛，这也是给诗感动了的缘故吗？"

"无聊的人！那是，也许，纯精神的影响的结果也说不定的。"

于是忽然倒在安乐椅子里，说道——

"阿阿，我，已经不能和你在一处了！"

埃夫斯契古纳高兴了，但同时也吃惊。

"不能了吗？"他怀着希望和恐怖，问着。

"那么，孩子们呢？"

"对分开来呀！"

"对分三个吗？"

　　然而，她总抱定着自己的主张。到后来，卜罗哈尔调克跑来了。猜出了怎样的事情，他伤心了。还对埃夫斯契古纳说道——

　　"我一向以为你是大人物的。但是，你竟不过是一个渺小的汉子！"

　　于是他就去准备银荷特拉的帽子。他阴郁地正在准备的时候，她却向男人说起真话来——

　　"你已经出了气了，真可怜，你这里，什么才能之类，已经一点也没有了，懂得没有，一点也没有了哩！"

　　她被真的愤懑和唾液，塞住了喉咙，于是结束道——

　　"你这里，是简直什么也没有的。如果没有我和卜罗哈尔调克，你就只好做一世广告诗的。瘟生！废料！抢了我的青春和美丽的强盗！"

　　她在兴奋的一刹时中，是总归能够雄辩的。她就这样的离了家。并且立刻得到卜罗哈尔调克的指导和实际的参与，挂起"巴黎细珊小姐美容院专门——皮革的彻底的医治"的招牌来，开店了。

　　卜罗哈尔调克呢，不消说，印了一篇叫做"朦胧的蜃楼"的激烈的文章，详详细细地指摘着埃夫斯契古纳不但并无才智，而且连究竟有没有这样的诗人存在，也就可疑得很。

他又指摘出，假使有这样的诗人存在，而世间又加以容许，那是应该归罪于轻率而胡闹的批评界的。

埃夫斯契古纳这一面，也在苦恼着。于是——俄罗斯人是立刻能够自己安慰自己的！——想到了——

"小孩子应该抚养！"

对赞美过去和死亡的一切诗法告了别，又做起先前的熟识的工作来了。是替"新葬仪馆"去开导人们，写了活泼的广告——

　　　　永久地，快活地，而且光明地，

　　　　我们愿意在地上活着，

　　　　然而命运之神一到，

　　　　生命的索子就断了！

　　　　要从各方面将这事情

　　　　来深深地想一下，

　　　　奉劝诸位客官们，

　　　　要用最上等的葬仪材料！

　　　　敝社的货色，全都灿烂辉煌，

　　　　并非磨坏了的旧货，

　　　　敢请频频赐顾，

　　　　光临我们的"新葬仪馆"！

坟地街十六号门牌。

就这样子，一切的人，都各自回到自己的路上去了。

四

　　有一个非常好名的作家。

　　倘有人诽谤他，他以为那是出乎情理之外的偏心。如果有谁称赞他，那称赞的又是不聪明得很——他心里想。就这样子，他的生活只好在连续的不满之中，一直弄到要死的时候。作家躺在眠床上，鸣着不平道——

　　"这是怎的？连两本小说也还没有做好……而且材料也还只够用十年呢。什么这样的自然的法则呀，跟着它的一切一切呀，真是讨厌透顶了！杰作快要成功了。可是又有这样恶作剧的一般的义务。就没有别的办法了么？畜生，总是紧要关头就来这一手，——小说还没有做成功呢……"

　　他在愤慨。但病魔却一面钻着他的骨头，一面在耳朵边低语着——

　　"你发抖了么，唔？为什么发抖的？你夜里睡不着么，唔？为什么不睡的？你一悲哀，就喝酒么，唔？但你一高兴，不也就喝酒么？"

他很装了一个歪脸，于是死心塌地，"没有法子！"了。和一切自己的小说告别，死掉了，虽然万分不愿意，然而死掉了。

好，于是大家把他洗个干净，穿好衣服，头发梳得精光，放在台子上。

他像兵士一般脚跟靠拢，脚尖离开，伸得挺挺的，低下鼻子，温顺地躺着。什么也不觉得了，然而，想起来却很奇怪——

"真稀奇，简直什么也不觉得了！这模样，倒是有生以来第一遭。老婆在哭着，哼，你现在哭着，那是对的，可是先前却老是发脾气。儿子在哭着，将来一定是个废料罢。作家的孩子们，总归个个是废料，据我所遇见的看起来……恐怕这也是一种真理。这样的法则，究竟有多少呢！"

他躺着，并且想着，牵牵连连地想开去。但是，对于从未习惯的自己的宽心，他又诧异起来了。

人们搬他往坟地上去了，他突然觉察了送葬的人少得很——

"阿，这多么笑话呀！"他对自己说，"即使我是一个渺小的作家，但文学是应该尊敬的呀！"

他从棺材里望出去。果然，亲族之外，送他的只有九个人，其中还夹着两个乞丐和一个掮着梯子的点灯夫。

这时候，他可真是气恼了。

"猪猡！"

他忽然活转来，不知不觉地走出棺材外面了，——以人而论，他是并不大的，——为了侮辱，就这么的有了劲。于是跑到理发店，刮掉须髯，从主人讨得一件腋下有着补丁的黑外衣，交出他自己的衣服。因为装着沉痛的脸相，完全像是活人了。几乎不能分辨了。

为了好奇和他职业本来的意识，他问店主人道——

"这件怪事，不给您吃了一吓么？"

那主人却只小心地理着自己的胡须。

"请您见谅，先生，"他说，"住在俄国的我们，是什么事情都完全弄惯了的……"

"但是，死人忽然换了衣服……"

"现在，这是时髦的事情呀！您说的是怎样的死人呢？这也不过是外观上的话，统统地说起来，恐怕大家都是一样的！这年头儿，活着的人们，身子缩得还要硬些哩！"

"但是，我也许太黄了罢？"

"也刚刚和时髦的风气合式呀，是的，恰好！先生，俄国就正是大家黄掉了活着的地方……"

说起理发匠来，是世界上最会讲好话，也最温和的人物，这是谁都知道的。

作家起了泼剌的希望要对于文学来表示他最后的尊敬心，便和主人告别飞奔着追赶棺材去了。终于也追上了。于是送葬的就有了十个人，在作家，也算是增大了荣誉。但是，来往的人们，却在诧异着——

"来看呀，这是小说家的出丧哩！"

然而晓事的人们，为了自己的事情从旁走过，却显出些得意模样，一面想道——

"文学的意义，明明是已经渐渐的深起来，连这地方也懂得了！"

作家跟着自己的棺材走，恰如文学礼赞家或是故人的朋友一样。并且和点灯夫在攀谈——

"知道这位故人么？"

"自然！还利用过他一点的哩。"

"这真也有趣……"

"是的，我们的事情，真是无聊的麻雀似的小事情，飞到落着什么的地方去啄来的！"

"那么，要怎么解释才是呢？"

"请你要解得浅，先生。"

"解得浅？"

"唔唔，是的。从规矩的见地看起来，自然是一种罪恶，不过要不搭油，可总是活不成的。"

"唔？你这么相信么？"

"自然相信！街灯正在他家的对面。那人是每夜不睡，向着桌子，一直到天明的，我就不再去点街灯了。因为从他家窗子里射出来的灯光，就尽够。我才算净赚了一盏灯。倒是一位合用的人物哩！"

这么东拉西扯，静静地谈着，作家到了坟地了。他在这里，却陷入了非讲演自己的事情不可的绝境。因为所有送葬的人，这一天全都牙齿痛——这是出在俄国的事情，在那地方，无论什么人，是总在不知什么地方有些痛，生着病的。

作了相当的演说，有一种报章还称赞他——

"有人从群众中，——其外观，使我们想起戏子来的那样的人，在墓上热心地作了令人感动的演说。他在演说中，虽然和我们的观察不同，对于旧式作风的故人所有的一切人所厌倦的缺点——不肯努力脱出单纯的'教训主义'和有名的'公民教育'的作家的极微的功绩，有误评，有过奖，是无疑的，但要之，对于他的辞藻，以明确的爱慕的感情，作了演说了。"

万事都在盛况中完结之后，作家爬进棺材里，觉得很满足，想道——

"呵，总算完毕了，事情都做得非常好，而且又合适，又顺当！"

　　于是他完全死掉了。

　　这虽然只关于文学，但是，自己的事业，可实在是应该尊敬的！

五

　　又有一个人。是已经过了中年的时候，他忽而总觉得不知道缺少了什么——非常仓皇失措起来。

　　摸摸自己的身子，都好像完整，普通，肚子里面倒是太富裕了。用镜一照，——鼻子，眼睛，耳朵，以及别的，凡是普通的人该有的东西，也是统统齐全的。数数手上的指头，还有脚趾，也都有十个。但是，总之，却缺少了一点不知道什么！

　　去问太太去——

　　"不知道究竟是怎么的。你看怎样，密德罗特拉，我身上都齐全么？"

　　她毫不踌躇，说道——

　　"都全的！"

　　"但是，我总常常觉得……"

　　原是信女的她，便规劝道——

　　"如果觉得这样，就心里念念'上帝显灵，怨敌消火'罢！"

对着朋友，也渐渐地问起这件事情来。朋友们都含糊地回答，但总觉得他里面，是藏着可以下一确断的东西的，一面只是猜疑地对他看。

"到底是什么呢？"他忧郁地沉思着。

于是一味喜欢回忆过去的事了，——这是觉得一切无不整然的时候的事，——也曾做过社会主义者，也曾为青春所烦恼，但后来就超出了一切，而且早就用自己的脚，拼命蹂躏着自己所撒的种子了。要而言之，是也如世间一般人一样，依着时势和那暗示，生活下来的。

想来想去之后，忽然间，发现了——

"唉唉！是的，我没国民的脸相呀！"

他走到镜前面。脸相也实在不分明，恰如将外国语的翻译文章，不加标点，印得一塌糊涂的书页一样，而翻译者又鲁莽，空疏，全不懂得这页上所讲的事情，就是那样的脸相。也就是：既不希求为了人民的自由的精神，也不明言完全承认帝制的必要。

"哼，但是，多么乱七八糟呀！"他想，但立刻决心了，"唔，这样的脸，要活下去是不便当的！"

每天用值钱的肥皂来擦脸。然而不见效，皮肤是发光了，那不鲜明却还在。用舌头在脸上到处舐了一通，——他的舌头是很长的，而且生得很合适，他是以办杂志为业的，——

舌头也不给他利益。用了日本的按摩，而不料弄出瘤来，好像是拼命打了架。但是，到底不见有明明白白的表情！

想尽方法，都不成功，仅是体重减了一磅半。但突然间，好运气，他探听到所辖的警察局局长洪·犹覃弗列舍尔[1]是精通国民问题的了，便赶紧到他那里去，陈述道——

"就为了这缘故，局长大人，可以费您的神，帮我一下么？"

局长自然是快活的。因为他是有教育的人物，但最近正受了舞弊案件的嫌疑。现在却这么相信，竟来商量怎么改换脸相了。署长大笑着，大乐着，说道——

"这是极简单的，先生！美洲钻石一般的您，试去和异种人接触一下罢，那么，一下子，脸就成功了，真正的您的尊脸……"

他高兴极了，——肩膀也轻了！纯朴地大笑着，自己埋怨着自己——

"但是，我竟没有想到么，唔？不是极容易的事么？"

像知心朋友似的告过别，他就跑到大路上，站着，一看见走过他身边的犹太人，便挡住他，突然讲起来——

"如果你，"他说，"是犹太人，那就一定得成为俄罗斯人，如果不愿意的话……"

[1] 这是一个德国姓，意思是"吃犹太人者"。——译者注

犹太人是以做各种故事里的主角出名的，真也是神经过敏而且胆怯的人民，但那个犹太人却是急躁的汉子，忍不住这侮辱了。他一作势，就一掌批在他的左颊上，于是，回到自己的家里去了。

他靠着墙壁，轻轻地摸着面颊，沉思起来——

"但是，要显出俄罗斯人的脸相，是和不很愉快的感觉相联系的！可是不要紧！像涅克拉梭夫那样无聊的诗人，也说过确切的话——

"不付价就什么也不给，运命要赎罪的牺牲！"

忽然来了一个高加索人，这也正如故事上所讲那样，是无教育，粗鲁的人物。一面走，一面用高加索话，"密哈来斯，萨克来斯，敏革尔来"的，吆喝似的唱着歌。

他又向他冲过去了。

"不对，"他说，"对不起！如果您是格鲁怎人，那么，您岂不也就是俄罗斯人么？您当然应该爱长官命令过的东西，不该唱高加索歌，但是，如果不怕牢监，那就即使不管命令……"

格鲁怎人把他痛打了一顿，自去喝卡菲丁酒去了。

他也就这么地躺着，沉思起来——

"但，但是呢？这里还有鞑靼人，亚美尼亚人，巴锡吉耳人，启尔义斯人，莫耳忒瓦人，列忒尼亚人，——实在多得很！而且这还并不是全部⋯⋯也还有和自己同种的斯拉夫人⋯⋯"

这时候，又有一个乌克兰尼人走来了。自然，他也在嚷嚷地唱——

"我们的祖宗了不起，住在乌克兰尼⋯⋯"

"不对不对，"他一面要爬起来，一面说，"对不起，请您以后要用 ъ[1] 这字才好，因为如果您不用，那就伤了帝国的一统的⋯⋯"

他许多工夫，还和这人讲了种种事。这人一直听到完。因为正如各种乌克兰尼轶闻集所切实地证明，乌克兰尼人是懒散的民族，喜欢慢慢地做的。况且他也是特别执拗的人⋯⋯

好心的人们抱了他起来，问道——

"住在哪里呢？"

"大俄罗斯⋯⋯"

他们自然是送他到警察局里去。

送着的中途，他显出一点得意模样，摸一下自己的脸，虽然痛，却觉得很大了。于是想道——

"大概，成功了。"

人们请局长洪·犹覃弗列舍尔来看他。因为他对于同

---

[1]俄国字母的第二十九字。——译者注

胞很恳切，就给他去叫警察医。医生到来的时候，人们都大吃一惊，私议起来。而且也不再当做一件事，不大理睬了。

"行医以来，这是第一回，"医生悄悄地说，"不知道该怎么诊断才是……"

"究竟是怎么一回事呢？"他想着，问。

"是呀，这是怎么一回事呢？"

"是先前的脸，完全失掉了的。"洪·犹覃弗列舍尔回答道。

"哦。脸相都变了么？"

"一点不错，但您想必知道，"那医生安慰着说，"现在的脸，是可以穿上裤子的脸了……"

他的脸，就这样的过了一世。

这故事里，什么教训之类，是一点也没有的。

六

有一个爱用历史来证明自己的大人先生。一到要说谎的时候，就吩咐跟丁道——

"爱戈尔加，去从历史里找出事实来，是要驳倒历史并不反复的学说的……"

爱戈尔加是伶俐的汉子，马上找来了。他的主人用许多史实，装饰了自己的身子，应情势的要求，拿出他所必要的全部来，所以他不会受损。

然而他是革命家——有一时，竟至于以为所有的人都应该是革命家。并且大胆地互相指摘道——

"英国人有人身保护令，但我们是传票！"他们很巧妙地揶揄着两国民之间的那么的不同。因为要消遣世间的烦闷，打起牌来了，赌输赢直到第三回雄鸡叫。第三回雄鸡叫一来报天明，大人先生就吩咐道——

"爱戈尔加，去找出和现在恰恰合适的，多到搬不动那样的引证来！"

爱戈尔加改了仪容，跷起指头，意义深长地记起了"雄鸡在圣露西歌唱"的歌——

雄鸡在圣露西歌唱——

说不久就要天明，在圣露西！

"一点不错！"大家说，"真的，的确是白天了……"

于是就去休息。

这倒没有什么，但人们忽然焦躁地闹了起来。大人先生看出来了，问道——

"爱戈尔加，民众为什么这么不平静呢？"

那跟丁高兴地禀复说——

"民众要活得像一个人模样……"

但他却骄傲地说了——

"原来？你以为这是谁教给他们的？这是我教的！五十年间，我和我的祖宗总教给他们：现在是应该活得像人了的时候，就是这样的！"

而且越加热心起来，不住地催逼着爱戈尔加，说——

"去给我从欧洲的农民运动史里，找出事实来，还有，在《福音书》里，找关于"平等"的句子……文化史里，找关于所有权的起源——快点快点！"

爱戈尔加很高兴！真是拼命，弄得汗流浃背，将书本子区别开来，只剩下书面，各种动人的事实，堆得像山一样，拉到他主人那里去。主人称赞他道——

"要出力！立宪政治一成功，我给你弄一个很大的自由党报纸的编辑！"

胆子弄得很壮了的他，于是亲自去宣传那些最有知识的农民们去了——

"还有，"他说，"罗马的革拉克锡兄弟，还有在英国，德国，法国的……这些，都是历史上必要的事情！爱戈尔加，拿事实来！"

就这样地马上引用了事实，给他们知道即便上头不愿意，而一切民众，却都要自由。农民们自然是高兴的。

他们大声叫喊道——

"真是多谢您老。"

一切事情都由了基督教的爱和相互的信，收场了。然而，人们突然问道——

"什么时候走呀？"

"走哪里去？"

"别地方去！"

"从哪里走？"

"从你这里……"

他是古怪人，一切都明白，但最简单的事情却不明白了，大家都笑起来。

"什么，"他说，"如果地面是我的，叫我走哪里去呢？"

但是大家都不相信他的话——

"怎么是你的？你不是亲口说过的么：是上帝的，而且在耶稣基督还没有降生之前，就已经有几位正人君子知道着这事。"

他不懂他们的话。他们也不懂他。他又催逼爱戈尔加道——

"爱戈尔加，给我从所有的历史里去找出来。"

但那跟丁却毫不迟疑地回答他说——

"所有的历史，因为剪取反对意见的证据，都用完了。"

"胡说，这奸细……"

然而，这是真的。他跑进藏书室里去一看，剩下的只有书面和书套。为了这意外的事情，他流汗了。于是悲哀地禀告自己的祖宗道——

"谁将这历史做得那么偏颇的方法，教给了你们的呢！都成了这样子……这算是什么历史呀？昏聩糊涂的。"

但大家坚定地主张着——

"然而，"他们说，"你早已清清楚楚地对我们证明过了的，还是快些走的好罢，要不然，就要来赶了……"

说起爱戈尔加来，又完全成了农民们的一气，什么事情都显出对立的态度，连看见他的时候，也当面愚弄起来了——

"哈培亚斯·科尔普斯[1]怎么了呀！自由主义怎么了呀……"

简直是弄糟了。农民们唱起歌来了。而且又惊又喜，将他的干草堆各自搬到自己的屋子里去了。

他蓦地记了起来的，是自己还有一点手头的东西。二层楼上，曾祖母坐着在等目前的死，她老到将人话全部忘却了，只还记得一句——

"不要给……"因为已经六十一岁，此外的话，什么也不会说了。

他怀着激昂的感情，跑到她那里去，以骨肉之爱，伏在她的脚跟前，并且诉说道——

"妈妈的婆婆！你是活历史呀……"

但她自然不过是喃喃的——

"不要给……"

"哦哦，为什么呢？"

"不要给……"

"但是他们赶走我，偷东西，这可以么？"

"不要给……"

---

[1]Habeas Corpus 是查理斯二世时，在国会通过，保障被法庭判决有罪以前的人的一条法律。。——译者注

"那么，虽然并不是我的本意，还是帮同瞒着县官的好么？"

"不要给……"

他遵从了活历史的声音，并且用曾祖母的名义，发了一个悲痛的十万火急报。自己却走到农民们那里，发表道——

"诸位惊动了老太太，老太太去请兵了。但是，请放心罢，看来是没有什么的，因为我不肯放兵到你们那里去的！"

这之间，勇敢的兵丁们跨着马跑来了。时候是冬天，马一面跑，一面流着汗，一到就索索地发抖，不久，全身蒙上了一层雪白的霜。大人先生以为马可怜，把它带进自己的厩屋里面去。带了进去之后，便对着农民们这样说——

"请诸位把先前聚了众，在我这里胡乱搬去的干草，赶快还给这马罢。马，岂不是动物么，动物，是什么罪过也没有的，唔，对不对呢？"

兵丁们都饿着；吃掉了村子里的雄鸡。这位大人先生的府上的四近，就静悄悄了。

爱戈尔加自然仍旧回到他家里来。他像先前一样，用他做着历史的工作，重新买了新的书，嘱咐他凡有可以诱进自由主义去的事实，就统统地涂掉，倘有不便涂掉的地方，则填进新的趣旨去。

　　爱戈尔加怎么办呢？对于一切事务，他是都胜任的。因为要忠实，他连淫书都研究起来了。但是，他的心里，总还剩着烁亮的星星。

　　他老老实实地涂抹着历史，也做着哀歌，要用"败绩的战士"这一个化名来付印。

　　　　唉唉，报晓的美丽的雄鸡哟！

　　　　你的荣耀的雄声，怎么停止了？

　　　　我知道：永不满足的猫头鹰，

　　　　替代了你了。

　　　　主人并不希望未来，

　　　　现在我们又都在过去里，

　　　　唉唉，雄鸡哟，你被烧熟，

　　　　给大家吃掉了……

　　　　叫我们到生活里去要在什么时候？

　　　　给我们报晓的是谁呢？

　　　　唉唉，倘使雄鸡不来报，

　　　　怕我们真要起得太晚了！

农民们自然是平静了下来，驯良地过着活。并且因为没有法子想，唱着下等的小曲——

哦哦，妈妈老实哟！

喂喂，春天来到了，

我们叹口气，

也就饿死了！

俄罗斯的国民，是愉快的国民呢……

七

　　有一国的一处地方，住着犹太人。他们都是用于虐杀，用于毁谤，以及用于别的国家的必要上的极普通的犹太人。

　　这地方，有着这样的习惯——

　　原始民一显出对于自己的现状的不满来，从观察秩序的那一面，就是从上司那一面，就立刻来了用希望给他们高兴的叫唤——

　　"人民呀，接近主权的位置去呀！"

　　人民被诱进去了，但他们又来骗人民——

　　"为什么闹的？"

　　"老爷，没有吃的了！"

　　"那么，牙齿是还有的罢？"

　　"还有一点点……"

　　"你瞧！你们总在计划些什么事，并且想瞒住了上头！"

　　假如上头以为只要彻底地办一下不平稳的模样，就可以镇住，那是马上用这手段的，如果觉得这手段收拾不下了，那就用笼络——

"唔，你们要什么呢？"

"一点田地……"

有些人，却全不懂得国家的利益，还要更进一步，讨人厌地恳求道——

"想请怎样地改正一下子。就是，牙齿呀，肋骨呀，还有我们的五脏六腑呀，都要算作我们自己的东西，别人不能随随便便下手，就是这样子！"

于是上司开始训诫了——

"喂，诸位！这种空想，有什么用呢？古人说得好，'不要单想面包'。俗谚里也说，一个学者，抵得两个粗人！"

"但他们承认么？"

"谁呀？"

"粗人们呀！"

"胡说！当然的！三年前的圣母升天节[1]之后，英国人到这里来，就这样地请求过——把全部贵国的人民都驱逐到西伯利亚去，让我们来罢，我们——他们说——规规矩矩地纳税，烧酒是每年给每位先生喝十二桶，而且一般……不行——我们说——为什么呀？我们这里，本国的人民是善良的，柔和的，从顺的，我们要和他们一起过下去的……就是这样，青年们，你们去弄弄犹太人，不是比胡闹好么？

---

[1] 八月十五日。——译者注

是不是？他们有什么用？"

原始民想了一通，想到了除掉上司亲手安排的事情以外，不会再有怎样的解说，于是决定了——

"嗡，好，干罢，列位，准了的哩……"

他们破坏了大约五十家房屋，虐杀了几个犹太人，疲于奋斗，因希望而平静了，秩序就这样地奏着凯歌……

除了上司们，原始民，以及作为回避扰乱和宽解兽心之用的犹太人之外，这国度里是还生存着善良的人们的。每有一回虐杀，他们就会合了全部的人员——十六名，用文字的抗议去告诉全世界——

"纵使犹太人亦属俄国之臣民，而悉加歼灭，吾等则确信为非至当，由诸观点，对于生人之无法之杀戮，吾等爰于此表示其责难焉。休曼涅斯妥夫[1]，菲德厄陀夫，伊凡诺夫，克赛古平，德罗布庚，克理克诺夫斯基，阿息普·忒罗爱诃夫，格罗哈罗，菲戈福波夫，吉理尔·美诃借夫，斯罗复台可夫，凯比德里娜·可伦斯凯耶，前陆军中佐纳贝比复，律师那伦，弗罗波中斯基，普力则理辛，七龄童格利沙·蒲直锡且夫。"

所以每一回虐杀，那不同之处，就只有格利沙的年纪有变化，和那伦——忽然到和他同名的市上去了——换了那伦斯凯耶的署名。

---

[1] 即"人道主义氏"之意。——译者注

对于这抗议，有时外省也来了反应——

"赞成，参加。"这是拉士兑尔喀也夫从特力摩夫打来的电报。沙谟林的萨陀尔干弩以也来响应了。萨木古理左夫等也从渥库罗夫来响应了。但谁都知道，这"等"是他想出来吓吓人的。因为住在渥库罗夫，连一个叫"等"的也没有。

犹太人熟读着抗议书，愈加悲泣了。但有一回，却有一个犹太人中的非常狡猾的人提议道——

"你们知道么？怎么，不知道？这么的干一下罢，在这未来的虐杀之前，把纸张，钢笔，还有墨水，统统藏起来。那时候，他们，连格利沙在内的那十六个，怎么办？——来看一看罢？"

彼此都很说得来的，一说，就做，买尽了所有的纸，笔，藏起来了。墨水是倒在黑海里。于是坐着在等候。

用不着等到怎么久。又准了，虐杀就开头，犹太人躺在医院里，人道主义者们却在彼得堡满街跑，找着纸张和钢笔，然而都没有，除了上司的办公室以外，什么地方也没有，但是，办公室却不肯给！

"怎么样，诸君！"上司们说，"诸君为什么要这东西，我们是知道的！但是，即使没有这些，诸君该也可以办得的！"

于是弗罗波中斯基询问道——

"这是怎么的呢？"

"这是"上司们回答说，"我们已经把抗议叫够了，自己想法子去……"

格利沙——他已经四十三岁了——在哭着。

"用话来传进抗议去罢！"

但是，这也没法办！

菲戈福波夫模模糊糊地想到了——

"板壁上面，怎么样？"

可是彼得堡并没有板壁，都是铁栅。

但他们向偏僻的市外的屠牛场那一面跑去了，发现了一片陈旧的小板壁，休曼涅斯妥夫刚用粉笔写了第一个字，忽然间——好像从天而降似的——警官走了过来，开始了教训——

"干什么呀？孩子们这样地乱涂乱写，是在骂走他们的，你们不是好像体体面面的绅士么？唔，这是怎的！"

警官当然是不懂他们的，以为是偷犯着第一千一条[1]的文士们的一派。于是他们红了脸，真地走回家去了。

因为这样子，所以在这一回的袭击，无从抗议，人道主义者一派也没有得到满足就完了。

---

[1]查禁败坏风俗图书条项。——译者注

　　凡是懂得民族心理学的人们，是公平地讲述着的。曰：
"犹太人者，狡猾之人民也！"

八

有一处地方住着两个无赖。一个的头发有些黑，别一个是红的。但他们俩都是晦气的人物。他们羞得去偷穷人，富人那里却又到底近不去。所以一面想着只好进牢监去吃公家饭，一面还在苦苦地过活。

这之间，这两个懒汉终于弄得精穷了。因为新任知府望·兑尔·百斯笃[1]到了任，巡阅之后，出了这样的告示——

"从本日始，凡俄罗斯国粹之全民，应不问性别，年龄及职业，皆毫不犹豫，为国效劳。"

黑头发和红头发的两个朋友，叹息着，犹豫了一番，终于大家走散了，——因为有些人进了侦缉队，有些人变了爱国者，有些人兼做着这两样，把黑头发和红头发剩在完全的孤独中，一般的疑惑下面了。改革后大约一个礼拜的样子，他们就穷得很，红头发再也熬不下去了，便对伙伴道——

"凡尼加，我们也还是为国效劳去罢？"

---

[1]Von der Pest，意云"黑疫氏"。——译者注

黑头发的脸红了起来，顺下眼睛，说——

"羞死人……"

"不要紧的！许多人比我们过得好，一句话——就因为在效劳的缘故呀！"

"横竖他们是快要到变成犯人的时候了的……"

"胡说！你想想看，现在不是连文学家们也在这么教人么——'纵心任意地生活罢，横竖必归于死亡'……"

也很辩论了一番，却总归不能一致。

"不行，"黑头发说，"你去就是了，我倒不如仍旧做无赖……"

他就去做自己的事，他在盘子里偷了一个白面包，刚刚要吃，就被捕，挨了一顿鞭子，送到地方判事那里去了。判事用了庄严的手续，决定给他公家饭。黑头发在牢监里住了两个多月，胃恢复了，一被释放，就到红头发那里去做客人。

"喂，怎么样？"

"在效劳呀。"

"做什么呢？"

"在驱除孩子们呀。"

对于政事，黑头发是没有知识的，他吃了一惊——

"为什么呢？"

"为安宁呀，谁都受了命令的，说是'要安静'。"红头发解释着，但他的眼睛里带着忧愁。

黑头发摇摇头，仍旧去做他自己的事，又为了给吃公家饭，送进牢监里去了。真是清清楚楚，良心也干净。

释放了，他又到伙伴那里去——他们俩是彼此相爱的。

"还在驱除么？"

"唔，那自然……"

"不觉得可怜么？"

"所以我就只拣些腺病质的……"

"不能没有区别么？"

红头发不做声，只吐着沉痛的叹息，而且红色淡下去了，发了黄。

"你怎么办的呢？"

"唔，这么办的……我奉到的命令，是从什么地方捉了孩子，带到我这里，于是从他们问出实话来。但是，问不出的，因为他们横竖是死掉的……我办不来，恐怕那……"

"你告诉我，为什么要这么办呢？"黑头发问。

"为了国家的利益，在这么办的，"红头发说，但他的声音发着抖，两眼里含了眼泪了。

黑头发在深思——他觉得伙伴可怜相——要替他想出一种什么独立的事业来。

忽然间，很有劲地开口道——

"喂，发了财了么？"

"那当然，老例呀……"

"唔，那么，来办报罢！"

"为什么？"

"好登橡皮货的广告……"

这中了红头发的意，他干笑了。

"好给人不生孩子么？"

"自然！不是用不着生了他们来受苦么？"

"不错的！但是，为什么要办报呢？"

"做做买卖的掩饰呀，这呆子！"

"同事的记者们恐怕未必赞成罢？"

黑头发觉得太出意外了，吹一声口哨。

"笑话！现在的记者，是把自己活活的身子当做试演，献给女读者的呢……"

这样地决定了——红头发就在"优秀的文艺界权威的赞助之下"动手来办报。办公室的旁边，开着巴黎货的常设展览会。编辑室的楼上，还给爱重体面的贵人们设了休憩室。

事业做得很顺手。红头发过着活，发胖了。贵人们都很感激他。他的名片上印着这样的文字——

> "这边那边"日报编辑兼发行人
>
> "劳于守法群公嘉荫齐"斋主兼创办人
>
> 本斋零售并贩卖卫生预防具
>
> 多纵横

黑头发从牢监里出来，到伙伴那里喝茶去，红头发却请他喝香槟酒，夸口道——

"兄弟，我现在简直好像在用香槟酒洗脸，别的东西是不成的了，真的！"

因为感激得很，还闭了两只眼睛，亲昵地说道——

"你教给我好法子了！这就是为国效劳呀！大家都满足着哩！"

黑头发也高兴。

"好，就这样地过活下去罢！因为我们的国度，是并不麻烦的！"

红头发感激了，于是劝他的朋友道——

"凡涅，还是到我这里来做个访事员罢！"

"不行，兄弟，我总是旧式的人，我还是仍旧做无赖，照老样子……"

这故事里，是什么意义也没有的……连一点点！

九

有一个时候，上司颇倦于和怀异心的人们的争斗了，但因为希望终于得到桂冠，休息一下，便下了极严峻的命令——

"凡怀异心者，应即毫不犹豫，从所有隐匿之处曳出，一一勘定，然后以必要之各种相当手段，加以歼除：此令。"

执行这命令的，是扑灭男女老少的经常雇员，曾为菲戈国王陛下及"阿古浓田"的田主效过力的前大尉阿仑提·斯台尔文珂。所以对于阿仑提，付给了一万六千个卢布。

招阿仑提来办这件事，也并不是因为本国里找不出相宜的人，他有异常吓人的堂堂的风貌，而且多毛，多到连不穿衣服也可以走路，牙齿有两排，足有五十四个，因此得着上司的特别的信任。要而言之，就是为了这些，招他来办的。

他虽然具备着这些资格，却粗鲁地想道——

"用什么法子查出他们来呢？他们不说话！"

真的，这市里的居民，实在也很老练了。彼此看作宣传员，互相疑惧，就是对母亲说话，也只用一定的句子或者外国话，确凿的话是不说的。

"Nést-ce pas？（是罢？）"

"Maman（妈妈），中饭时候了罢，Nést-ce pas？"

"Maman，我们今天不可以去看电影么，Nést-ce pas？"

但是，斯台尔文珂仔仔细细地想了一通之后，到底也发现了秘密思想的暴露法，他用过氧化氢洗了头发，修刮一下，成了一个雪白的人，于是穿上不惹人眼的衣服。这就是他，是看也看不出的！

旁晚边，就到街上去，慌慌张张地走着，一看见顺从天性之声的市民悄悄地溜进什么地方去，就从左边拦住他，引诱似的低声地说道——

"同志，现在的生活，您一定不觉得满足罢？"

最初，市民就像想到了什么似的，放缓了脚步，但一望见远远地来了警察，便一下子现出本相来了——

"警官，抓住他……"

斯台尔文珂像猛虎一样，跳过篱垣，逃走了，他坐在荨麻丛里细细地想——

"这模样，是查不出他们来的，他们都行动得很合法，畜生！"

这之间，公款减少下去了。

换上淡色的衣服，用别样的手法来捉了。大胆地走近市民去，问道——

"先生，您愿意做宣传员么？"

于是市民就坦然地问道——

"薪水多少呢？"

别的一些人，却客客气气地回复——

"多谢您。我是已经受了雇的！"

"着了，"阿仑提想，"好，抓住他！"

这之间，公款自然而然地减少下去了。

也去探了一下"臭蛋的，各方面利用公司"，但这是设在三个监督和一个宪兵官的高压之下的，虽然每年开一次会议，却又知道那是一位每回得着彼得堡的特别许可的女人。阿仑提觉得无聊起来了，因此公款也就好像生了急性肺炎一样。

于是他气忿了。

"好罢！"

他积极地活动了起来——一走近市民去，便简洁地问道——

"生活满足吗？"

"满足得很！"

"但是，上司却不满足哩？再见……"

如果有谁说不满足的，那当然——

"抓住！"

"等一等……"

"什么事呀？"

"我所谓不满足，不过是指生活还没有十分坚固这一点而言的。"

"这样的么？抓……"

他用了这样的方法，在三礼拜里，抓到了一万个各式各样的人，首先是把他们分送在各处的牢监里，其次是吊起他们的颈子来，但因为经济关系，也就叫市民自己来下手。

诸事都很顺当。但是，有一回，上司的头子去猎兔子了，从市上动身之后，所见的是野外的非常的热闹和市民的平和的活动的情景——彼此举出犯罪的证据来，互相诘难看，吊着，埋着，一面是斯台尔文珂拿着棍子，在他们之间走来走去，激励着——

"赶快！喂，黑脸，再快活点！喂，敬爱的诸君，你们发什呆呀？绳套子做好了没有——哪，吊起来，不是用不着碍别人的手脚吗？孩子，喂，孩子，为什么不比你爸爸先上去的？喂，大家！不要这么性急，总归来得及的……因为希望安静，忍耐得长久了，忍耐一下有什么难呢！喂，乡下人，哪里去？……好不懂规矩……"

上司跨在骏马的脊梁上，眺望着，一面想——

"他弄到了这许多，真好本领！所以市里的窗户，全都钉起来了……"

但这时忽然看见的，是他的嫡亲的伯母，也脚不点地的挂着。大吃了一惊。

"到底是谁在指挥呀？"

斯台尔文珂立刻走近去。

"大人，是卑职！"

于是上司说道——

"喂，兄弟，你一定是个混蛋，像会乱用公款似的！造决算书来给我罢。"

斯台尔文珂送上决算书去，那里面是这么写着的——

"为执行关于扑灭怀异心者之命令，卑职凡揭发并拘禁男女怀异心者一〇、一〇七名。

计开——

诛戮者………………………男女 七二九名口

绞毙者………………………同 五四一名口

令衰弱至决难恢复者…………男女 九三七名口

事前死亡者…………………同 三一七名口

自杀者 同 六三名口

　　扑灭者，共计 一、八七六名口

　　费用 一六、八八四卢布

　　连一切费用在内，每名口所费用以七卢布计算，

　　计不足 八四四卢布"

　　长官发抖了，索索地发抖了，自言自语似的说道——

　　"不——足——吗？什么东西，这菲戈鬼！你的菲戈全岛，加上了你的王，连你添进去，也值不到八百卢布呀！你去想想看——如果你这么的揩油，那么，比你高出十倍以上的人物的这我，那时候又怎么样？遇着这样的胃口，俄国是不够吃三年的，但是，要活下去的却不只你一个，你懂得吗？况且账上的三百八十名，是多出来的，你看，这"事前死亡者"和"自杀"者的两项——就分明是多出来的！这贼骨头，不是连不能上账的，也都开进去了吗？……"

　　"大人！"阿仑提分辩说，"但是，这是因为卑职使他们不想活下去了的缘故呵。"

　　"但是，这样的也要算七卢布一个吗？还有呢，恐怕连毫不相干的人，也不知道有多少填在这里面呢！本市全部的居民，是有一万二千名的——不行，小子，我要送你到法院去！"

果然，对于菲戈人的行动，施行了最严密的调查。他的犯了九百十六卢布的侵吞公款罪，竟被发觉了。

阿仑提被公正的审判所判决，宣告他应做三个月的苦工，那地位，是没有了。总而言之——菲戈人要吃三个月苦。

迎合上司的意思——这也是难得很的。

十

有一个好人，在仔仔细细地想着他应该做什么。

终于决了心——

"不要再用暴力来反抗恶罢，还是用忍耐来把恶征服！"

他并不是一个没有个性的人，所以决了心之后，就坐着忍耐了起来。

然而，侦探伊额蒙这一派一知道，却就去报告去了——

"看管区内居民某，忽开始其不动之姿势与无言之行动。此显系欲使己身如无，以图欺诳上司也。"

伊额蒙勃然大怒道——

"什么？没有谁呀？没有上司吗！带他来！"

带来了之后，他又命令道——

"搜身！"

检查过身体。值钱的东西都被没收了，就是，表和纯金的结婚戒指被拿去了，镶在牙上的金被挖去了，还有，新的裤带也被解掉，连扣子都摘去了，这才报告说——

"搜过了。伊额蒙！"

"唔，什么——什么也没有了吗？"

"什么也没有了，连不相干的东西也统统拿掉了！"

"但是，脑袋里面呢？"

"脑袋里面好像也并没有什么似的。"

"带进来！"

居民走到伊额蒙的面前来，他用两只手按着裤子，伊额蒙一看见，却当做这是他对于生命的一切变故的准备了。但为了要引起痛苦的感情来，还是威猛地大声说——

"喂，居民，来了？！"

那居民就驯良地禀告道——

"全体都在治下了。"

"你是怎么了的呀，唔？"

"伊额蒙，我全没有什么！我不过要用忍耐来征服……"

伊额蒙的头发都竖了起来，发吼道——

"又来？又说征服吗？"

"但这是说把恶……"

"住口！"

"但这并不是指您的……"

伊额蒙不相信——

"不指我？那么指谁？"

"是指自己！"

伊额蒙吃了一惊——

"且慢，恶这东西，究竟是在哪里的呀？"

"就在于抗恶！"

"是蒙混罢？"

"真的，可以起誓……"

伊额蒙觉得自己流出冷汗来。

"这是怎么的呢？"他看定着居民，想了一通之后，问道——

"你要什么呀？"

"什么也不要？"

"为什么什么也不要？"

"什么也不要！只请您许可我以身作则，教导人民。"

伊额蒙又咬着胡子，思索起来了。他是有空想的心的，还爱洗蒸汽浴，但是淫荡得阿唷阿唷的叫喊，大体是偏于总在追求生活的欢乐这一面的。并且不能容忍反抗和刚愎，对于这些，时常讲求着将硬汉的骨头变成稀粥那样的软化法。但在追求欢乐和软化居民的余暇，却喜欢幻想全世界的和平和救济我们的灵魂。

他在凝视着居民，而且在诧异。

"一直先前就这样的？是罢！"

于是他成了柔和的心情，叹息着问道——

"什么又使你成了这样的呢，唔？"

那居民回答说——

"是进化……"

"不错，朋友，那是我们的生命呵！有各色各样的……一切事物，都有缺陷，摇摆着身子，但躺起来，哪一边向下好呢，我们不知道……不能挑选，是的……"

伊额蒙又叹息了。他也是人，也爱祖国，靠着它过活。各种危险的思想，使伊额蒙动摇了——

"将人民看作柔和的，驯良的东西，那是很愉快的——的的确确！但是，如果大家都停止了反抗，不是也省掉了晒太阳和旅行费吗？不，居民都死完，是不至于的，——在蒙混呀，这匪徒！还得研究他一下。做什么用呢？做宣传员？脸的表情太散漫，无论用什么假面具，也遮不住这没表情，而且他的说话又不清楚。做绞刑吏，怎么样呢？力量不够……"

到底想了出来了，他向办公人员说——

"带这好运道的人，做第三救火队的马房扫除人去罢！"

他入了队，但是不屈不挠地扫除着马房。这对于工作的坚忍，伊额蒙看得感动了，他的心里发生了对这居民的相信。

"假使一切事情，都是这模样呢？"

经过了暂时的试验之后，就使他接近自己的身边，叫他来誊清随便做成的银钱的收支报告，居民誊清了，一声也不响。

伊额蒙越加佩服了，几乎要流泪。

"哈哈，这个人，虽然会看书写字，却也有用的。"

他叫居民到自己面前来，说道——

"相信你了！到外面讲你的真理去罢，但是，要眼观四向呀！"

居民就巡游着市场，市集，以及大大小小的都会，到处高声地扬言道——

"你们在做些什么呀？"

人们看见了不得不信的异乎寻常的温情的人格，于是走近他去，招供出自己的罪恶来，有些人竟还发表了秘藏的空想——有一个说，他想偷，却不受罚；第二个说，他想巧妙地诬陷人；第三个说，他想设法讲谁的坏话。

要而言之，无论谁，都——恰如向来的俄罗斯人一样——希望着逃避对于人生的所有的本分，忘却对于人生的一切的责任。

他对这些人们说——

"你们放弃一切罢！有人说过：'一切存在，无非苦恼，人因欲望，遂成苦恼，故欲断绝苦恼，必须消灭欲望。'所以，停止欲望罢，那么，一切苦恼，就自然而然地消除了——真的！"

人们当然是高兴的，因为这是真实，而且简单。他们即刻躺在自己站着的地方。安稳了。也幽静了……

这之后，虽然程度有些参差，但总而言之，四围却非常平静静到使伊额蒙觉得凄惨了，但他还虚张着声势——

"这些匪徒们，在装腔呀！"

只有一些昆虫，仍在遂行着自己的天职，那行为，渐渐地放肆起来了，也非常繁殖起来了。

"但是，这是怎样的肃静呵！"伊额蒙缩了身子，各处搔着痒，一面想。

他从居民里面，叫出忠勤的仆人来——

"喂，虫豸们在搅扰我，来帮一下罢。"

但那人回答他道——

"这是不能的。"

"什么？"

"无论如何，是不能的。虽说虫豸们在搅扰，但还是因为您是活人的缘故呀，但是……"

"那么，我就要叫你变死尸了！"

"随您的便。"

无论什么事，全是这样子。谁都只说是"随您的便"。他命令人执行自己的意志，就得到极厉害的伤心。伊额蒙的衙门破落了，满是老鼠，乱咬着公文，中了毒死掉。伊额蒙自己也陷入更深的无聊中，躺在沙发上，幻想着过去——那时是过得很好的！告示一出，居民们就有各种反对的行为，有谁该处死刑，就必得有给吃东西的法律！倘在较远的地方，居民想有什么举动，是一定应该前去禁止的，于是有旅费！一得到"卑职所管区域内的居民已经全灭"的报告，还得给予奖赏和新的移民！

伊额蒙耽着过去的幻想，但邻近的别的人种的各国里，却像先前一样，照着自己的老规矩在过活，那些居民，在各处地方，用各种东西，彼此在吵架，他们里面，喧闹和杂乱和各种的骚扰，是不断的，然而谁也不介意，因为对于他们，这是有益的，而且也还有趣的。

伊额蒙忽然想到了——

"唔！居民们在蒙蔽我！"

他跳起来，在本国里跑了一转，推着大家，摇着大家，命令道——

"起来，醒来，站起来！"

毫无用处！

他抓住他们的衣领，然而衣领烂掉了，抓不住。

"猪啰！"伊额蒙满心不安帖，叫道，"你们究竟怎么了呀？看看邻国的人们罢！……哪，连那中国尚且……"

居民们紧贴着地面，一声也不响。

"唉，上帝呵！"伊额蒙伤心起来了，"这怎么办才好呢？"

他来用欺骗，他弯腰到先前那一个居民的面前，在耳朵边悄悄地说道——

"喂，你！祖国正遭着危难哩，我起誓，真的，你瞧，我划十字，完全真的，正尝着深切的危难哩！起来罢，非抵抗不可……无论怎样的自由行动都许可的……喂，怎么样？"

然而已经朽腐了的那居民，却只低声说——

"我的祖国，在上帝里……"

别的那些是恰如死人一样，一声也不响。

"该死的运命论者们！"伊额蒙绝望地叫道，"起来罢！怎样的抵抗都许可的……"

只有一个曾是爽直而爱吵架的人，微微地欠起一点身子，向周围看了一看——

"但是，抵抗什么呢？什么也没有呀……"

"是的，还有虫豸……"

"对于那虫豸，我们是惯了的！"

伊额蒙的理性，完全混乱了。他站在自己的土地的中央，提高了蛮声，大叫道——

"什么都许可了，我的爸爸们！救救我！实行罢！什么都许可了！大家互相咬起来呀！"

寂静，以及舒服的休息。

伊额蒙想：什么都完结了！他哭了起来。他拨着给热泪弄湿了的自己的头发，恳求道——

"居民们！敬爱的人们！要怎么办才好呢，现在，莫非叫我自己去革命吗？你们好好地想想罢，想一想历史上是必要的，民族上是难逃的事情……我一个，是不能革命的，我这里，连可用的警察也没有了，都给虫豸吃掉了……"

然而他们单是眽眽眼。就是用树尖来刺，大约也未必开口的！

就这样，大家都不声不响地死掉了，失了力量的伊额蒙，也跟着他们死掉了。

因为是这模样，所以虽在忍耐的里面，也一定应该有中庸。

十一

居民里面最聪明的人们，对于这些一切，到底也想了起来了——

"这是怎么的呀？看来看去，都只有十六个！"

费尽了思量之后，于是决定道——

"这都因为我们这里没有人才的缘故。我们是必须设立一种完全超然的，居一切之上，在一切之前的中央思索机关的，恰如走在绵羊们前面的公山羊一样……"

有谁反对了——

"朋友们，但是，许多中心人物，我们不是已经够受了吗？"

不以为然。

"那一定是带着俗务的政治那样的东西罢？"

先前的那人也不弱——

"是的，没有政治，怎么办呢，况且这是到处都有的！我自然也在这么想——牢监满起来了，徒刑囚监狱也已经塞得一动都不能动，所以扩张权利，是必要的……"

但人们给他注意道——

"老爷，这是意德沃罗基呀，早是应该抛弃的时候了！必要的是新的人，别的什么也不要……"

于是立刻遵照了圣师的遗训里所教的方法，开手来创造人。把口水吐在地上，捏起来，拌起来，弄得泥土一下就糟到耳朵边。然而结果简直不成话。为了那惴惴然的热心，竟把地上的一切好花踏烂，连有用的蔬菜也灭绝了。他们虽然使着劲，流着汗，要弄下去，但——因为没本领，所以除了互相责备和胡说八道以外，一无所得。他们的热心终于使上苍发了怒——起旋风，动大雷，酷热炙着给狂雨打湿了的地面，空气里充满了闷人的臭味——喘不了气！

但是，时光一久，和上苍的纠纷一消散，看哪，神的世界里，竟出现了新的人！

谁都大欢喜，然而——唉唉，这暂时的欢喜，一下子就变成可怜的窘急了。

为什么呢？因为农民的世界里一有新人物发生，他就忽然化为精明的商人，开手来工作，零售故国，四十五戈贝克起码。到后来，就全盘卖掉了，连生物和一切思索机关都在内。

在商人的世界里，造出新人来——他就是生成的堕落汉，或者有官气的。在贵族的领地里——是像先前一样，想挤净国家全部收入的人物在抽芽；平民和中流人们的土地上呢，是像各式各样的野蓟似的，生着煽动家，虚无主义者，退婴家之类。

"但是，这样的东西，我们的国度里是早就太多了的！"聪明的人们彼此谈论着，真的思索起来了——

"我们承认，在创造技术上，有一种错误。但究竟是怎样的错误呢？"

在坐着想，四面都是烂泥，跳上来像是海里的波浪一样，唉唉，好不怕人！

他们这样地辩论着——

"喂，舍列台莱·拉甫罗维支，你口水太常吐，也太乱吐了……"

"但是，尼可尔生·卢启文，你吐口水的勇气可还不够哩……"

新生出来的虚无主义者们，却个个以华西加·蒲思拉耶夫[1]自居，蔑视一切，嚷叫道——

"喂，你们，菜叶儿们！好好地干呀，但我们，……来帮你们到处吐口水……"

于是吐口水，吐口水……

全盘的忧郁，相互的愤恨，还有烂泥。

这时候，夏谟林中学的二年级生米佳·科罗替式庚逃

[1]符拉迪弥尔大公时代的英雄。——译者注

学出来，经过这里了，他是有名的外国邮票搜集家，绰号叫做"钢指甲"。他走过来，忽然看见许多人坐在水洼里，吐下口水去。并且还好像正在深思着什么事。

"年纪不小了，却这么脏！"少年原是不客气的，米佳就这么想。

他凝视了他们，看可有教育界的分子在里面，但是看不出，于是问道——

"叔父们，为什么都浸在水洼里的呀？"

居民中的一个生了气，开始辩论了——

"为什么这是水洼！这是象征着历史前的太古的深池的！"

"但你们在做什么呢？"

"在要创造新的人！因为你似的东西，我们看厌了……"

米佳觉得有趣。

"那么，造得像谁呢？"

"这是什么话？我们要造无可比拟的……走你的罢！"

米佳是一个还不能献身于宇宙的神秘之中的少年，自然很高兴有这机会，可以参与这样的重要事业，于是直爽地劝道——

"创造三只脚的罢！"

"为什么呢？"

"他跑起来，样子一定是很滑稽的……"

"走罢，小家伙！"

"要不然，有翅子的怎么样？这很好！造有翅子的罢！那么，就像格兰特船长的孩子们里面的老雕一样，他会把教师们抓去。书上面说，老雕抓去的并不是教师，但如果是教师，那就更好了……"

"小子！你连有害的话都说出来了！想想日课前后的祷告罢……"

但米佳是喜欢幻想的少年，渐渐地热衷了起来——

"教师上学校去。从背后紧紧地抓住了他的领头，飞上空中的什么地方去了。什么地方呢，那都一样！教师只是蹬着两只脚，教科书就这样地落下来。这样的教科书，就永远寻不着……"

"小子！要尊敬你的长辈！"

"教师就在上面叫他的老婆——别了，我像伊里亚和遏诺克一样，升天了；老婆那一面，却跪在大路中间，哭哩哭哩，我的当家人呀，教导人呀！……"

他们对这少年发了怒。

"滚开！这种胡说八道，没有你，也有人会说的，你还太早呢！"

于是把他赶走了。米佳逃了几步，就停下来想，询问道——

"你们真的在做么？"

"当然……"

"但是做不顺手吗？"

他们烦闷地叹着气，说——

"唔，是的。不要来妨害，走罢——"

米佳就又走远了一些，伸伸舌头，使他们生气。

"我知道为什么不顺手！"

他们来追少年了，他就逃，但他们是熟练了驿站的飞脚的人物，追到了，立刻拔头发。

"吓，你……为什么得罪长辈的？……"

米佳哭着恳求说——

"叔父们……我送你们苏丹的邮票……我有临本的……还送你们小刀……"

但他们吓唬着，好像校长先生一样。

"叔父们！真的，我从此不再捣乱了。但我实在也看出了为什么造不成新的人……"

"说出来……"

"稍稍松一点……"

放松了，但还是捏住着两只手。少年对他们说道——

"叔父们！土地不像先前了！土地不中用了，真的，无论你们怎样吐口水，也什么都做不出来了！先前，上帝照着自己的模样，创造亚当的时候，所谓土地，不是全不为谁所有的吗？但现在却都成了谁的东西。哪，所以，人也永远是谁的所有了……这问题，和口水是毫无关系的……"

这事情使他们茫然自失，至于将捏住的两只手放开。米佳趁势逃走了。逃脱了他们之后，把拳头当着自己的嘴，骂着——

"这发红的科曼提人！伊罗可伊人！"

然而他们又一致走进水洼里，坐了下来，他们中间的最聪明的一个说——

"诸位同事，自做我们的事罢！要忘记了那少年，因为他一定是化了妆的社会主义者……"

唉唉，米佳，可爱的人！

十二

有叫做伊凡涅支的一族，是奇怪之极的人民！无论遭了什么事，都不会惊骇！

他们生活在全不依照自然法则的"轻妄"的狭窄的包围中。

"轻妄"对于他们，做尽了自己的随意想到的事，随手做去的事，……从伊凡涅支族，剥了七张皮，于是严厉地问道——

"第八张皮在哪里？"

伊凡涅支人毫不吃惊，爽利地回答"轻妄"道——

"还没有发育哩，大人，请您稍稍地等一下……"

"轻妄"一面焦急地等候着第八张皮的发生，一面用信札，用口头，向邻族自负道——

"我们这里的人民，对于服从，是很当心的。你就是逞心纵意的做，一点也不吃惊！比起来，真不像足下那边的……那样……"

伊凡涅支族的生活，是这样的——做着一点事，纳着捐，送些万不可省的贿赂，在这样的事情的余暇，就静悄悄的，大家彼此鸣一点不平——

"难呵，兄弟！"

有点聪明的人们却预言道——

"怕还要难起来哩！"

他们里面的谁，有时也跟着加添几句话。他们是尊敬这样的人物的，说道——

"他在 i 字头上加了点了！"

伊凡涅支族租了一所带有花园的大屋子，在这屋子里，收留着每天练习讲演，在 i 地方呢，那都一样！教师只是蹬着两只脚，教科书就这样地落下来。这样的教科书，就永远寻不着……"

"小子！要尊敬你的长辈！"

"教师就在上面叫他的老婆——别了，我像伊里亚和遏诺克一样，升天了；老婆那一面，却跪在大路中间，哭哩哭哩，我的当家人呀，教导人呀！……"

他们对这少年发了怒。

"滚开！这种胡说八道，没有你，也有人会说的，你还太早呢！"

于是把他赶走了。米佳逃了几步，就停下来想，询问道——

"你们真的在做么？"

"当然……"

"但是做不顺手吗？"

他们烦闷地叹着气，说——

"从我们的选拔出来的同人们里，又给人把辩才夺去
了！"

莽撞的，粗暴的人们，就互相告语说——

"在'轻妄'那里，是没有什么法律之类的！"

伊凡涅支族大概都喜欢用古谚来安慰他自己。和"轻妄"
起了暂时的不一致，他们里面的谁给关起来了，他们就静
静地说出哲学来——

"多事之处勿往！"

如果他们里面的谁，高兴别人的得了灾祸呢，那就
说——

"应知自己之身份！"

伊凡涅支族就以这样的法子过活。过活下去，终于把
一切 i 字，连最末的一个也加了点了！除此以外。他们无
事可做！

"轻妄"看透了这全无用处，就命令全国，发布了极严
厉的法律——

　　从此禁止在 i 字上加点，并且除允准者外，凡居民所使用之一切上，皆不得有任何附点存在。如有违犯，即处以刑法上最严峻之条项所指定之刑。

　　伊凡涅支族茫然自失了！做什么事好呢？

　　他们没有受过别样的教练，只会做一件事，然而这被禁止了！

　　于是两个人一班，偷偷地聚在昏暗的角落里，像逸话里面的波写诃尼亚人一样附着耳朵，讨论了起来——

　　"伊凡涅支！究竟怎么办呢，假如不准的话？"

　　"喂——什么呀？"

　　"我并没有说什么，但总之……"

　　"没有什么也好，这够受了！没有什么呀！可是你还在说——真的！"

　　"唔，说我在怎么？我什么也不呀！"

　　除此以外，他们是什么话也不会说的了！

十三

国度的这一面，住着苦什密支族，那一边呢，住着卢启支族，其间有一条河。

这国度，是局促的地方，人民是贪心的，又很嫉妒，因此人民之间，就为了各种无聊事吵起架来，——只要有一点什么不如意事，立刻嚷嚷地相打。

拼命相咬，各决输赢，于是来计算那得失。一说到计算，可是多么奇特呀?！莽撞的胡乱的斗了的人，利益是很少的——

苦什密支族议论道——

"那卢启支人一个的实价，是七戈贝克，[1]但打死他却要化一卢布六十戈贝克。这是怎么的呀?"

卢启支族这一面也在想——

"估起来，一个活的苦什密支人是两戈贝克也不值的，但打死他，却花到九十戈贝克了！"

"什么缘故呢?"

---

[1] 一百戈贝克为一卢布，每一戈贝克，现在约合中国钱二分。——译者注

于是怀着恐怖心，大家这样地决定了——

"有添造兵器的必要，那么，仗就打得快，杀人的价钱也会便宜。"

他们那里的商人们，就撑开钱袋，大叫道——

"诸君！救祖国呀！祖国的价值是贵的呵！"

准备下无数的兵器，挑选了适宜的时期，彼此都要把别人赶出大家有份的世界去！战斗了，战斗了，决定输赢了，掠夺了，于是又来计算那得失——多么迷人呢！

"但是，"苦什密支族说，"好像我们这面还有什么不合适！先前是用一卢布六十戈贝克做掉卢启支人的，现在却每杀一个，要花到十六卢布了！"

他们没有元气了！卢启支族那一面呢，也不快活。

"弄不好！如果战争这样贵，也许还是停止了的好罢！"

然而他们是强硬的人，就下了这样的决心——

"兄弟！要使决死战的技术，比先前更加发达起来！"

他们那里的商人们，就撑开钱袋，大吼道——

"诸君！祖国危险哩！"

而自己呢，却悄悄地飞涨了草鞋的定价。

卢启支族和苦什密支族，都使决死战的技术发达了，决定输赢了，掠夺了，计算得失了——竟是伤心得很！

活人原是一文也不值的，但要打死他，却愈加贵起来了！

在平时，是大家彼此鸣不平——

"这事情，是要使我们灭亡的！"卢启支人们说。

"要完全灭亡的！"苦什密支人们也同意。

但是，有谁的一只鸭错在河里一泅的时候，就又打了起来了。

他们那里的商人们，就撑开钱袋，埋怨道——

"这钞票，是只使人吃苦的！无论抓多少，总还是没有够！"

苦什密支族和卢启支族打了七年仗，没头没脑地相搏，毁坏市街，烧掉一切，连五岁的孩子们也用机关枪来打杀。那结果，有些人是只剩了草鞋，别的有些人则除了领带以外，什么也不剩，人民竟弄得只好精赤条条地走路了。

大家决定输赢了，掠夺了，计算得失了，于是彼此两面，都惘惘然了。

他们夹着眼睛，喃喃地说——

"不成！诸君，不行呀，决死战这件事，好像是我们的力量简直还不能办到似的！看罢！每杀一个苦什密支人，要化到一百卢布哩。不行，总得想一个别的方法才好。"

会议之后，他们成队地跑到河边，对面的岸上，敌人也成群地站着。

自然，他们是很小心地彼此面面相觑，仿佛是害羞。踌躇了许多工夫，但从有一边的岸上，向着那一边的岸上说话了——

"你们，怎么了呀？"

"我们吗，没有什么呀。"

"我们是不过到河边来看看的……"

"我们也是的……"

他们站着，害羞的人在搔头皮，别的人是忧郁着在叹气。

于是又叫了起来了——

"你们这里，有外交使者吗？"

"有的呀。你们这里呢？"

"我们也有……"

"哦！"

"那么，你们呢？……"

"唔，我们是，自然没有什么的。"

"我们吗？我们也一样……"

彼此了解了，把外交使者淹在河里之后，明明白白地说出来了——

"我们来干什么的，知道吗？"

"也许知道的！"

"那么，为什么呀？"

"因为要讲和罢。"

苦什密支这一族吃了一惊。

"怎么竟会猜着的呢？"

但卢启支族这一面，微笑着说——

"唔，我们自己，也就为了这事呀！战争真太花钱了。"

"哦哦，真是的！"

"即使你们是流氓，总之，还是和和气气地大家过活罢，怎么样？"

"即使你们是贼骨头，我们也赞成的！"

"兄弟似的过活罢，那么，恐怕可以俭省得多了！"

"可以俭省得多的。"

谁都高兴，给恶鬼迷住了似的人们，都舞蹈起来了，跳起来了，烧起篝火来了。抱住对方的姑娘，使她乏了力，还偷对方的马匹，互相拥抱，大家都叫喊道——

"哪，兄弟们，这多么好呀！即使你们是……譬如……"

于是苦什密支族回答说——

"同胞们！我们是一心同体的。即使你们，自然，即使是那个……也不要紧的！"

从这时候起，苦什密支族和卢启支族就平静地，安稳地过活了，完全放弃了武备，彼此都轻松地，平民地，互相偷东西。

然而，那些商人们，却仍然照了上帝的规矩生活着。

十四

驯良而执拗的凡尼加，缩着身子，睡在只有屋顶的堆房里，是拼命地做了事情之后，休息在那里的。有一个贵族跑来了，叫道——

"凡尼加，起来罢！"

"为什么呢？"

"救莫斯科去呀！"

"莫斯科怎么了？"

"波兰人在那里放肆得很！"

"这无赖汉……"

凡尼加出去了，救着的时候，恶魔波罗忒涅珂夫吆喝他道——

"混蛋，你为什么来替贵族白费气力的！去想一想罢。"

"想吗，我一向没有习惯，圣修道神甫会替我好好地想的。"凡尼加说。他救了墨斯科，回来一看，屋顶没有了。

他叹一口气——

"好厉害的偷儿！"

因为想做好梦，把右侧向下，躺着，一睡就是二百年，但忽然间，上司跑来了——

"凡尼加，起来罢！"

"为什么呢？"

"救俄罗斯去呀！"

"谁把俄罗斯？"

"十二条舌头的皤那巴拉忒呀！"

"哼，给它看点颜色……要它的命！"

前去救着的时候，恶魔皤那巴拉忒悄悄地对他说——

"凡涅，你为什么要给老爷们出力呢，凡纽式加，你不是已经到了应该脱出奴隶似的职务的时候了吗！"

"他们自己会来解放的。"凡尼加说。于是把俄罗斯救出了。回了家，骤然一看，家里没有屋顶！

他叹一口气——

"狗子们，都偷走了！"

跑到老爷那里去，问道——

"这是怎么的，救了俄罗斯，却什么也不给我一点吗？"

"如果你想要，就给你一顿鞭子罢？"

"不不，不要了！多谢你老。"

这之后，又睡了一百年，做着好的梦。但是，没有吃的。

有钱就喝酒，没有钱，就想——

"唉唉，喝喝酒，多么好呢！"

哨兵跑来了，叫道——

"凡尼加，起来罢！"

"又有什么事了？"

"救欧罗巴去呀！"

"它怎么了？"

"德国人在侮辱它哩！"

"但是，他们为什么谁也不放心谁呢？再静一些的过活，岂不是好……"

他跑出去，开手施救了。然而德国人却撕去了他的一条腿。凡尼加成了独脚，回家来看时，孩子们饿死了，女人呢，在给邻家汲水。

"这可怪哩！"凡尼加吃了一惊，于是举起手来，要去搔搔后脑壳，但是，在他那里，却并没有头！

十五

古时候，也很有名的夏谟林市里，有一个叫做米开式加的侏儒。他不能像样地过活，只活在污秽和穷苦和衰弱里。他的周围流着不洁，各种妖魔都来戏弄他，但他是一个顽固的没有决断力的懒人，所以头发也不梳，身子也不洗，生着蓬蓬松松的乱发，他向上帝诉说道——

"主呵，主呵！我的生活是多么丑，多么脏呵！连猪也在冷笑我，主呵，您忘记了我了！"

他诉说过，畅畅快快地哭了一通，躺下了，他幻想着——

"妖魔也不要紧，只要给我一点什么小改革，就好了，为了我的驯良和穷苦！给我能够洗一下身子，弄得漂亮些……"

然而妖魔却更加戏弄他了。在未到"吉日良辰"之前，总把实行自然的法则延期，对于米开式加，每天就总给他下面那样之类的简短的指令——

"应沉默，有违反本令者，子孙七代，俱受行政上之扑灭处分。"

或者是——

"应诚心爱戴上司,有不遵本令者,处以极刑。"

米开式加读着指令,向周围看了一转,忽然记得了起来的是夏谟林市守着沉默,特力摩服市在爱上司,在服尔戈洛,是居民彼此偷着别人的草鞋。

米开式加呻吟了——

"唉唉!这又是什么生活呢?出点什么事才好……"

忽然间,一个兵丁跑来了。

谁都知道,兵爷是什么都不怕的。他把妖魔赶散了,还推在暗的堆房和深的井里,赶在河的冰洞里。他把手伸进自己的怀中,拉出约莫一百万卢布来,而且——毫不可惜地递给米开式加了——

"喂,拿去,穷人,到混堂里去洗一个澡,整整身样,做一个人罢,已经是时候了!"

兵丁交出过一百万卢布,就做自己的工作去了,简直好像没事似的!

请读者不要忘记这是童话。

米开式加两只手里捏着一百万卢布,剩下着,——他做什么事好呢。从一直先前起,他就遵照指令,什么事情都不做了的,只还会一件事——鸣不平。但也到市场的衣料店里去，买了做衬衫的红布来，又买了裤料。把新衣服穿在脏皮肤上，无昼无夜，无年无节，在市上彷徨。摆架子，说大话。帽子是歪斜的，脑子也一样。"咱们吗，"他说，"要干，是早就成功了的，不过不高兴干。咱们夏谟林市民，是大国民呀。从咱们看起来，妖魔之类，是还没有跳蚤那么可怕的，但如果要怕，那也就不一定。"

米开式加玩了一礼拜，玩了一个月，唱完了所有记得的歌。

"永远的记忆"和"使长眠者和众圣一同安息罢"也都唱过了，他厌倦了庆祝，不过也不愿意做工。从不惯变了无聊。不知怎的，一切都没有意思，一切都不像先前。没有警官，上司也不是真货色，是各处的杂凑，谁也不足惧，这是不好的，异样的。

米开式加喃喃自语道——

"以前，妖魔在着的时候，秩序好得多了。路上是定时打扫的，十字街口都站着正式的警察，步行或是坐车到什么地方去，他们就命令道'右边走呀！'但现在呢，要走哪里就走哪里，谁也不说一句什么话。这样子，也许会走到路的尽头的……是的，已经有人走到着哩……"

米开式加渐渐地无聊了起来，嫌恶的意思越加厉害了。他凝视着一百万卢布，自己愤恨着自己——

"给我，一百万卢布算什么？别人还要多呢！如果一下子给我十万万，倒也罢了……现在不是只有一百万吗？哼，一百万卢布，叫我怎么用法？现在是鸡儿也在当老雕用。所以一只鸡也要卖十六个卢布！我这里，统统就只是一百万卢布呀……"

米开式加发现了老例的不平的原因，就很高兴，于是一面在肮脏的路上走，一面叫喊道——

"给我十万万呀！我什么也干不来！这算是什么生活呢！街路也不扫，警察也没有，到处乱七八糟的。给我十万万罢，要不然，我不高兴活了！"

有了年纪的土拨鼠从地里爬出来，对米开式加说——

"呆子，嚷什么呀？在托谁呢？喂，不是在托自己吗！"

但米开式加仍旧说着他的话——

"我要用十万万！路没有扫，火柴涨价了，没有秩序……"

到这里，童话是并没有完的，不过后文还没有经过检阅。

十六

　　有一个女人——姑且叫做玛德里娜罢——为了不相干的叔子——姑且说是为了尼启太罢——和他的亲戚以及许多各种的雇工们在做活。

　　她是不舒服的。叔子尼启太一点也不管她,但对着邻居,却在说大话——

　　"玛德里娜是喜欢我的,我有想到的事情,都叫她做的。好像马,是模范的驯良的动物……"

　　但尼启太的不要脸的烂醉的雇工们,对于玛德里娜,却欺侮她,赶她,打她,或者是骂骂她当做消遣。然而嘴里还是这么说——

　　"喂,我们的姑娘玛德里娜!有时简直是可怜的人儿哪!"

　　虽然用言语垂怜,实际上却总是不断地虐待和抢夺。

　　这样的有害的人们之外,也还有许多无益的人们,同情着玛德里娜的善士忍耐,把她团团围住。他们从第三者的地位上来观察她，佩服了——

"吃了许多苦头的我们的穷娃儿！"

有些人则感激得叫喊道——

"你，"他们说，"是连尺也不能量的，你就是这么伟大！用知识，"他们说，"是不能懂得你的，只好信仰你！"

玛德里娜恰如母熊一样，从这时代到那时代，每天做着各种的工作，然而全都没意思，——无论做成了多少，男的雇工就统统霸去了。在周围的，是醉汉，女人，放肆，还有一切的污秽——不能呼吸。

她这样地过着活。工作，睡觉。也趁了极少的闲空，烦恼着自己的事——

"唉唉！大家都喜欢我的，都可怜我的，但没有真实的男人！如果来了一个真实的人，用那强壮的臂膊抱了我，尽全力爱着我，我真不知道要给他生些怎样的孩子哩，真的！"

而且哭着了，这之外，什么也不会！

铁匠跑到她这里来了。但玛德里娜并不喜欢他，他显着不大可靠的模样，全身都粗陋，性格是野的，而且说着难懂的话，简直好像在夸口——

"玛德里娜，"他说，"你只有靠着和我的理想的结合，这才能够达到文化的其次的阶段的……"

她回答他道——

"你在说什么呀！我连你的话也不懂，况且我很有钱，你似的人，看不上眼的！"

就这样地过着活。大家都以为她可怜，她也觉得自己可怜，这里面，什么意思也没有。

勇士突然出现了。他到来，赶走了叔子尼启太和雇工们，问玛德里娜宣言道——

"从此以后，你完全自由了。我是你的救主，就如旧铜圆上的胜利者乔治似的！"

但铁匠也声明道——

"我也是救主！"

"这是因为他嫉妒的缘故，"玛德里娜想，但口头却是这么说——

"自然，你也是的！"

他们三个，就在愉快的满足里，过起活来了。天天好像婚礼或是葬礼一样，天天喊着万岁。叔子的雇工穆开，觉得自己是共和主义者了，万岁！耶尔武罗夫斯克和那仑弄在一起。宣言了自己是合众国，也万岁。

约莫有两个月，他们和睦地生活着。恰如果酒勺子里的绳子一样，只浸在欢喜中。

但是，突然间——在圣露西，事情的变化总是很快的，勇士忽而厌倦了！

他对着玛德里娜坐下，问她道——

"救了你的，究竟是谁呀？我吗？"

"哦哦，自然是可爱的你呵！"

"是吗！"

"那么我呢？"铁匠说。

"你也是……"

稍停了一会，勇士又追问道——

"谁救了你的呢——我罢，未必不是罢？"

"唉唉！"玛德里娜说，"是你，确是你，就是这你呀！"

"好，记着！"

"那么，我呢？"铁匠问。

"唔唔，你也是……你们两个一起……"

"两个一起？"勇士翘着胡子，说："哼……我不知道……"

于是每时讯问起玛德里娜来——

"我救了你没有？"

而且越来越严紧了——

"我是你的救主呢，还是别的谁呢？"

玛德里娜看见——铁匠哭丧着脸，退在一旁，做着自己的工作。偷儿们在偷东西，商人们在做买卖，什么事都像先前，叔子时候一样，但勇士却依然每天詈骂着，追问着——

"我究竟是你的什么人呢？"

打耳刮，拔头发！

玛德里娜和他接吻，称赞他，用殷勤的话对他说——

"您是我的可爱的意大利的加里波的呀，您是我的英吉利的克灵威尔，法兰西的拿破仑呀！"

但她自己，一到夜里，却就暗暗地哭——

"上帝呵，上帝呵！我真以为有什么事情要起来了，但这事，却竟成了这模样了！"

请不要忘记了这是童话。

坏孩子和别的奇闻

A.P.CHEKHOV

一八八二年在莫斯科摄

坏孩子

　　伊凡·伊凡诺维支·拉普庚是一个风采可观的青年，安娜·绥米诺夫娜·山勃列支凯耶是一个尖鼻子的少女，走下峻急的河岸来，坐在长椅上面了。长椅摆在水边，在茂密的新柳丛子里。这是一个好地方。如果坐在那里罢，就躲开了全世界，看见的只有鱼儿和在水面上飞跑的水蜘蛛了。这青年们是用钓竿网兜，蚯蚓罐子以及别的捕鱼家伙武装起来了的。他们一坐下，立刻来钓鱼。

　　"我很高兴，我们到底只有两个人了，"拉普庚开口说，望着四近。"我有许多话要和您讲呢，安娜。绥米诺夫娜……很多……当我第一次看见您的时候……鱼在吃您的了……我才明白自己是为什么活着的，我才明白应当贡献我诚实的勤劳生活的神像是在哪里了……好一条大鱼……在吃哩……我一看见您，这才识得了爱，我爱得你要命！且不要拉起来……等它再吃一点……请您告诉我，我的宝贝，我对您起誓：我希望能是彼此之爱——不的，不是彼此之爱，我不配，我想也不敢想，——倒是……您拉呀！"

安娜·绥米诺夫娜把那拿着钓竿的手，赶紧一扬，叫起来了。空中闪着一条银绿色的小鱼。

"我的天，一条鲈鱼！阿呀，阿呀……快点！脱出了！"

鲈鱼脱出了钓钩，在草上向着它故乡的元素那里一跳……扑通——已经在水里了！

追去捉鱼的拉普庚，却替代了鱼，错捉了安娜·绥米诺夫娜的手，又错放在他的嘴唇上……她想缩回那手去，然而已经来不及了：他们的嘴唇又不知怎么一来，接了一个吻。这全是自然而然的。接吻又接连地来了第二个，于是立誓，盟心……幸福的一瞬息！在这人世间，绝对的幸福是没有的。幸福大抵在本身里就有毒，或者给外来的什么来毒一下。这一回也如此。当这两个青年人正在接吻的时候，突然起了笑声。他们向水里一望，僵了：河里站着一个水齐着腰的赤条条的孩子。这是中学生珂略，安娜·绥米诺夫娜的弟弟。他站在水里面，望着他们俩，阴险地微笑着。

"嗳哈……你们亲嘴。"他说，"好！我告诉妈妈去"。

"我希望您要做正人君子……"拉普庚红着脸，吃吃地说，"偷看是下流的，告发可是卑劣，讨厌，胡闹的……我看您是高尚的正人君子……"

"您给我一个卢布,我就不说了!"那正人君子回答道,"要是,不,我去说出来"。

拉普庚从袋子里掏出一个卢布来,给了珂略。他把卢布捏在稀湿的拳头里,吹一声口哨,浮开去了。但年轻的他们俩,从此也不再接吻了。

后来拉普庚又从街上给珂略带了一副颜料和一个皮球来,他的姊姊也献出了她所有的丸药的空盒。而且还得送他雕着狗头的硬袖的扣子。这是很讨坏孩子喜欢的,因为想讹得更多,他就开始监视了。只要拉普庚和安娜·绥米诺夫娜到什么地方去,他总是到处跟踪着他们。他没有一刻放他们只有他们俩。

"流氓,"拉普庚咬着牙齿,说:"这么小,已是一个大流氓!他将来还会怎样呢?!"

整一个七月,珂略不给这可怜的情人们得到一点安静。他用告发来恐吓,监视,并且索诈东西;他永是不满意,终于说出要表的话来了。于是只好约给他一个表。

有一回,正在用午餐,刚刚是吃蛋片的时候,他忽然笑了起来,用一只眼睛使着眼色,问拉普庚道:"我说罢?怎么样?"

拉普庚满脸通红,错作蛋片,咬了饭巾了。安娜·绥米诺夫娜跳起来跑进隔壁的屋子去。

年轻的他们俩停在这样的境遇上，一直到八月底，就是拉普庚终于向安娜·绥米诺夫娜求婚了的日子。这是怎样的一个幸福的日子呵！他向新娘子的父母说明了一切，得到许可之后，拉普庚就立刻跑到园里去寻珂略。他一寻到他，就高兴得流下眼泪来，一面拉住了这坏孩子的耳朵。也在找寻珂略的安娜·绥米诺夫娜，恰恰也跑到了，便拉住了他的那一只耳朵。大家必须看着的，是两个爱人的脸上，显出怎样的狂喜来，当珂略哭着讨饶的时候。

"我的乖乖，我的好人，我再也不敢了！阿唷，阿唷，饶我！"

两个人后来说，他们俩秘密地相爱了这么久，能像在扯住这坏孩子的耳朵的一瞬息中，所感到的那样的幸福，那样的透不过气来的大欢喜，是从来没有的。

一八八三年作

难解的性格

头等车的一个房间里。

绷着紫红色天鹅绒的长椅上，靠着一位漂亮的年轻的太太。

值钱的缀有须头的扇子，在她痉挛地捏紧了的手里格格地响；眼镜时时从她那美丽的鼻子上滑下来；胸前的别针，忽高忽低，好像一只小船在波浪里。她很兴奋……她对面坐着一位省长的特委官，是年轻的新作家，在省署时报上发表他描写上流社会的短篇小说的……他显着专门家似的脸相，目不转睛地在看她。他在观察，他在研究，他在揣测这出轨的，难解的性格，他已经几乎有了把握……她的精神，她的一切心理，他完全明白了。

"阿，我懂得您的！"那特委官在她手镯近旁的手上接着吻，说，"您那敏感的，灵敏的精神，在寻一条走出迷宫的去路呀……一定是的！这是一场厉害的，吓人的斗争，但是……您不要怕！您要胜利的！那一定！"

"请您写出我来罢，渥勒兑玛尔！"那位太太悲哀地微笑着说道，"我的生活是很充实，很有变化，很多色彩的……但那要点，是在我的不幸！我是一个陀斯妥也夫斯基式的殉难者……请您给世界看看我的心，渥勒兑玛尔，请您给他们看看这可怜的心！您是心理学家。我们坐在这房间里谈不到一点钟，可是您已经完全懂得我了！"

"您讲罢。我恳求您，请您讲出来罢！"

"您听罢。我是生在一家贫穷的仕宦之家的。我的父亲是一个好人，也聪明，但是……时代和环境的精神……vous comprenez（您明白的），我并不想责备我那可怜的父亲。他喝酒，打牌……收贿赂……还有母亲……我有什么可说呢！那辛苦，那为了一片面包的挣扎，那自卑自贱的想头……唉唉，您不要逼我从新记它出来了。我只好亲自来开拓我自己的路……那吓人的学校教育，无聊小说的灌输，年轻的过失，羞怯的初恋……还有和环境的战斗呢？是可怕的呀！还有疑惑呢？还有逐渐成长起来的对于人生和自己的不信的苦痛呢？……唉唉！……您是作家，懂得我们女人的。您都知道……我的不幸，是天生了的呀……我等候着幸福，这是怎样的幸福呢？我急于要成一个人！是的！要成为一个人，我觉得我的幸福就在这里面！"

"您可真的了不得！"作家仕于镯近旁吻她的手，低声说，"我并不是在吻您，您这出奇的人物，我是在吻人类的苦恼！您记得拉斯可里涅可夫[1]么？他是这样地接吻的。"

"阿，渥勒兑玛尔！我极要荣誉，……要名声，要光彩，恰如那些——我何必谦虚呢？——那些有着不很平常的性格的人们一样。我要不平常……简直不是女性的。于是……于是……在我的路上，我遇到了一个有钱的老将军……您知道罢，渥勒兑玛尔！这其实是自己牺牲，自己否定呀，您要知道！我再没有别的法子了。我接济了我的亲属，我也旅行，也做慈善事业……但是，这将军的拥抱，在我觉得怎样的难堪和卑污呵，虽然别一面，他在战争上曾经显过很大的勇敢，也只好任他去。有时候……那是可怕的时候呀！然而安慰我的是这一种思想，这老头子不是今天，就是明天便会死掉的，那么，我就可以照我的愿望过活了，将自己给了相爱的人，并且得到幸福……我可是有着这么的一个的人，渥勒兑玛尔！上帝知道，我有着这么一个的！"

那位太太使劲地挥扇，她脸上显出一种要哭的表情。

"现在是这老头子死掉了……他留给我一点财产，我像鸟儿一样的自由。现在我可以幸福了……不是么，渥勒兑玛尔？幸福在敲我的窗门了。我只要放它进来就是，然

---

[1] Raskolnikov，陀斯妥也夫斯基作小说《罪与罚》里的男主角。——译者注

而……不成的！渥勒兑玛尔，您听哪，我对您起誓！现在我可以把自己给那爱人，做他的朋友，他的帮手，他的理想的承受者，得到幸福……安静下来了……然而这世界上的一切，却多么大概是讨厌，而且庸俗的呵！什么都这样的卑劣，渥勒兑玛尔！我不幸呵，不幸呵，不幸呵！我的路上，现出障碍来了！我又觉得我的幸福远去了，唉，远得很！唉唉，这苦楚，如果您一知道，怎样的苦楚呵！"

"但这是什么呢？怎样的一种障碍呢？我恳求您，告诉我罢！那是什么呀？"

"别一个有钱的老人……"

破扇子遮掩了漂亮的脸。作家把他那深思的头支在手上，叹一口气，显出专门家和心理学家的脸相，思索了起来。车头叫着汽笛喷着蒸气，窗幔在落照里映得通红。

一八八三年作

假病人

　　将军夫人玛尔法·彼得罗夫娜·贝绸基娜，或者如农人们的叫法，所谓贝绸金家的，十年以来，行着类似疗法[1]的医道，五月里的一个星期二，她在自己的屋子里诊查着病人。她面前的桌子上，摆着一个类似疗法的药箱，一本类似疗法的便览，还有一个类似疗法药的算盘。挂在壁上的是嵌在金边镜框里的一封信，那是一位彼得堡的同类疗法家，据玛尔法·彼得罗夫娜说，很有名，而且简直是伟大的人物的手笔；还有一幅神甫亚理斯泰尔夫的像，那是将军夫人的恩人，否定了有害的对症疗法，教给她认识了真理的。客厅里等候着病人们，大半是农人。他们除两三个人之外，都赤着脚，这是因为将军夫人吩咐过，他们该在外面脱掉那恶臭的长靴。

　　玛尔法·彼得罗夫娜已经看过十个病人了，于是就叫

[1] Homoopathie，日本又译"同类疗法"，是用相类似的毒，来治这病的医法，意义大致和中国的"以毒攻毒"相同。现行的对于许多细菌病的血清注射，其实也还是这疗法，不过这名称却久不使用了。——译者注

十一号："格夫里拉·克鲁慈提！"

门开了，走进来的却不是格夫里拉·克鲁慈提，倒是将军夫人的邻居，败落了的地主萨木弗利辛，一个小身材的老头子，昏眼睛，红边帽[1]。他在屋角上放下手杖，就走到将军夫人的身边，一声不响地跪下去了。

"您怎么了呀！您怎么了呀，库士玛·库士密支！"将军夫人满脸通红，发了抖。"罪过的！"

"只要我活着，我是不站起来的！"萨木弗利辛在她手上吻了一下，说："请全国民看看我在对您下跪，你这保佑我的菩萨，你这人类的大恩人！不打紧的！这慈仁的精灵，给我性命，指我正路，还将我多疑的坏聪明照破了，岂但下跪，我连火里面还肯跳进去呢，你这我们的神奇的国手，鳏寡孤独的母亲！我全好了呀！我复活了呀，活神仙！"

"我……我很高兴……！"将军夫人快活到脸红，吞吞吐吐地说，"那是很愉快的，听到了这样的事情……请您坐下罢！上星期二，你却是病得很重的！"

"是呀，重得很！只要一想到，我就怕！"萨木弗利辛一面说，一面坐。"我全身都是风湿痛。我苦了整八年，一点安静也没有……不论是白天，是夜里，我的恩人哪！我看过许多医生，请喀山的大学教授们对诊，行过土浴，喝

---

[1]帝俄时代贵族所戴的帽子。——译者注

过矿泉，我什么方法都试过了！我的家私就为此花得精光，太太。这些医生们只会把我弄糟，他们把我的病赶进内部去了！他们很能够赶进去，但再赶出来呢——他们却不能，他们的学问还没有到这地步……他们单喜欢要钱，这班强盗，至于人类的利益，他们是不大留心的。他开一张鬼画符，我就得喝下去。一句话，那是谋命的呀。如果没有您，我的菩萨，我早已躺在坟里了！上礼拜二我从您这里回家，看了您给我的那丸药，就自己想：'这有什么用呢？这好容易才能看见的沙粒，医得好我的沉重的老病吗？'我这么想，不大相信，而且笑笑的；但我刚吃下一小粒，我所有的病可是一下子统统没有了。我的老婆看定着我，疑心了自己的眼睛，'这是你吗，珂略？[1]——'不错，我呀。'于是我们俩都跪在圣像面前，给我们的恩人祷告：主呵，请把我们希望于她的，全都给她罢！"

萨木弗利辛用袖子擦一擦眼，从椅子上站起，好像又要下跪了，但将军夫人制住他，使他仍复坐下去。

"您不要谢我，"她说，兴奋得红红的，向亚理斯泰尔夫像看了一眼，"不，不要谢我！这时候我不过是一副从顺的机械……这真是奇迹！拖了八年的风湿痛，只要一粒瘰

[1]Kolia 就是库士玛（Kusima）的爱称。——译者注

疬丸[1]就断根了！"

"您真好，给了我三粒。一粒是中午吃的，立刻见效！别一粒在傍晚，第三粒是第二天，从此就无影无踪了！无论那里，一点痛也没有！我可是已经以为要死了的，写信到莫斯科去，叫我的儿子回来！上帝竟将这样的智慧传授了您，您这活菩萨！现在我好像上了天堂……上礼拜二到您这里来，我还整着脚的，现在我可是能够兔子似的跳了……我还会活一百来年哩。不过还有一件事情困住我——我的精穷。我是健康了，但如果没有东西好过活，我的健康又有什么用处呢。穷的逼我，比病还厉害……拿这样的事来做例子罢……现在是种燕麦的时候了，但叫我怎么种它呢。如果我没有种子的话，我得去买罢？却要钱……我怎么会有钱呢？"

"我可以送您燕麦的，库士玛·库士密支……您坐着罢！您给了我这么大的高兴，您给了我这样的满足，应该我来谢你的，不是您谢我！"

"您是我们的喜神！敬爱的上帝竟常常把这样的好人放在世界上！您高兴就是了，太太，高兴您行的好事！我们罪人却没有什么好给自己高兴……我们是微末的，小气的，无用的人……蚂蚁……我们不过是自称为地主，在物质的

---

[1] 原名 Skrophuroso，是一种用草药捣成的小丸子。——译者注

意义上，却和农民一样，甚至于还要坏……我们确是住在石造房子里，但那仅是一座 Fata Morgana[1] 呀，因为屋顶破了，一下雨就漏……我又没有买屋顶板的钱。"

"我可以送给您板的，库士玛·库士密支。"

萨木弗利辛又讨到一匹母牛，一封介绍信，是为了他想送进专门学校去的女儿的，而且被将军夫人的大度所感动，感激之至，呜咽起来，嘴巴牵歪了，还到袋子里去摸他的手帕……将军夫人看见，手帕刚一拉出，同时也好像有一个红纸片，没有声响地落在地板上面了。

"我一生一世不忘记的……"他絮叨着说，"我还要告诉我的孩子们，以及我的孙子们……一代一代……孩子们，就是她呀，救活了我的，她，那个……"

将军夫人送走了病人之后，就用她眼泪汪汪的眼睛，看了一会神甫亚理斯泰尔夫的像，于是又用亲密的，敬畏的眼光，射在药箱，备览，算盘和靠椅上，被她救活的人就刚刚坐在这里的，后来却终于看见了病人落掉的纸片。将军夫人拾起纸片来，在里面发现了三粒药草的丸子，和她在上礼拜二给予萨木弗利辛的丸药，是一模一样的。

"就是那个……"她惊疑着说，"这也是那张纸……他

[1]介在意大利的 Sicily 和 Calabria 之间的 Messina 的海峡中所见的海市蜃楼，相传是仙人名 Morgana 者所为，故名。——译者注

连包也没有打开呀！那么，他吃了什么呢？奇怪……他未必在骗我罢。"

将军夫人的心里，在她那十年行医之间，开始生出疑惑来了……她叫进其次的病人来，当在听他们诉说苦恼时，也觉得了先前没有留心，听过就算的事。一切病人，没有一个不是首先恭维她的如神的疗法的，佩服她医道的学问，詈骂那些对症疗法的医生，待到她兴奋到脸红了，于是就来叙述他们的困苦。这一个要一点地，别一个想讨些柴，第三个要她许可在她的林子里打猎。她仰望着启示给她真理的神甫亚理斯泰尔夫的善良的，宽阔的脸，但一种新的真理，却开始来咬她的心了。那是一种不舒服的，沉闷的真理。

人是狡猾的。

一八八五年作

簿记课副手日记抄

一八六三年五月十一日。我们的六十岁的簿记课长格罗忒金一咳嗽，就喝和酒的牛奶，因此生了酒精中毒脑症了。医生们以他们特有的自信，断定他明天就得死。我终于要做簿记课长了。这位置是早已允许了我的。

书记克莱锡且夫要吃官司，因为他殴打了一个称他为官僚的请愿者。看起来，怕是要定罪的。

服药草的煎剂，医胃加答儿。

一八六五年八月三日。簿记课长格罗忒金的胸部又生病了。他咳嗽，喝和酒的牛奶。他一死，他的地位就是我的了。我希望着，但我的希望又很微，因为酒精中毒脑症好像是未必一定会死的！

克莱锡且夫从一个亚美尼亚人的手里抢过一张支票来，撕掉了。他也许因此要吃官司。

昨天一个老婆子（古立夫娜）对我说，她生的不是胃加答儿，是潜伏痔。这是很可能的！

一八六七年六月三十日。看报告，说是阿拉伯流行着霍乱病。大约也要到俄国来的罢，那么，就要放许多天假。老格罗忒金死掉，我做簿记课长，也未可料的。人也真韧！据我看来，活得这么久，简直是该死！

喝什么来治治我的胃加答儿呢？或者用莪求[1]子？

一八七〇年一月二日。在格罗忒金的院子里，一只狗彻夜地叫。我的使女贝拉该耶说，这是很准的兆头，于是我和他一直谈到两点钟，如果我做了簿记课长，就得弄一件浣熊皮子和一件睡衣。我大约也得结婚。自然不必处女，这和我的年纪是不相称的，还是寡妇罢。

昨天，克莱锡且夫被逐出俱乐部了，因为他讲了一个不成样子的笑话，还嘲笑了商业会馆的会员波纽霍夫的爱国主义。人们说，后一事，他是要吃官司的。

为了我的胃加答儿，想看波忒庚医师去。人说，他医治他的病人，很灵……

一八七八年六月四日。报载威忒梁加流行着黑死病。人们死得像苍蝇一样。格罗忒金因此喝起胡椒酒来了。但对于这样的一个老头子，胡椒酒恐怕也未必有效。只要黑死病一到，我准要做簿记课长的。

一八八三年六月四日。格罗忒金要死了。我去看他，并且流着眼泪请他宽恕，因为我等不及他的死。他也眼泪

---

[1] 此日本名，德名 Zitwer，中国名未详。——译者注

汪汪地宽恕了我，还教我要医胃加答儿，该喝橡子茶。

但克莱锡且夫几乎又要吃官司——因为他把一座租来的钢琴，押给犹太人了。虽然如此，他却已经有着史坦尼斯拉夫勋章，官衔也到了八等。在这世界上的一切，真是稀奇得很！

生姜二沙[1]，高良姜一沙半，浓烧酒一沙，麒麟竭五沙，拌匀，装入烧酒瓶里，每晨空心服一小杯，可治胃加答儿。

一八八三年六月七日。格罗忒金昨天下了葬。这老头子的死，我竟得不到一点好处！每夜梦见他穿了白衫子，动着手指头。伤心，该死的我的伤心：是簿记课长竟不是我，却是察里科夫。得到这位置的竟不是我，却是一个小伙子，有那做着将军夫人的姑母帮忙的。我所有的希望都完结了！

一八八六年六月十日。察里科夫家里，他的老婆跑掉了。这可怜人简直没有一点元气了。为了悲伤，会寻短见也说不定的。倘使这样，那么，我就是簿记课长。人们已在这么说。总而言之，希望还没有空，人也还可以活下去，我也许还要用用浣熊皮。至于结婚，我也不反对。如果得了良缘，我为什么不结婚呢，不过是应该和谁去商量商量罢了；因为这是人生大事。

---

[1]Solotnik 是俄国的重量名，一沙约合中国一钱一分余。——译者注

克莱锡且夫昨天错穿了三等官理尔曼的橡皮套鞋。又是一个问题！

管门人巴伊希劝我，医胃加答儿应该用升汞。我想试试看。

一八八六年作

那是她

"您给我们讲点什么罢！"年轻的小姐们说。

大佐捻着他的白须子，扫一扫喉咙，开口了——

"这是在一八四三年，我们这团兵扎在欠斯多霍夫的附近。我先得告诉您，我的小姐们，这一年的冬天非常冷，没有一天没有哨兵冻掉了鼻子，或是大雪风吹着雪埋掉了道路的。严寒从十月底开头，一直拖到四月。那时候，您得明白，我可并不像现在，仿佛一个用旧了的烟斗的，却是一个年轻的小伙子，像乳和血拌了起来的一样，一句话，是一个美男子。我孔雀似的打扮着，随手花钱，捻着胡子，这世界上就没有一个学习士官会这样。我往往只要一只眼睛一睒，把马刺一响，把胡子一捻，那么，就是了不得的美人儿，也立刻变了百依百顺的小羊了。我贪女人，好像蜘蛛的贪苍蝇，我的小姐们，假如你们现在想数一数那时缠住我的波兰女子和犹太女子的数目，我通知你，数学上的数目恐怕是用不够的……我还得告诉你们，我是一个副

官，跳玛楚尔加[1]的好手，娶的是绝世的美人，上帝呵，愿给她的灵魂平安。我是怎样一个莽撞而且胡闹的人呢——你们是猜也猜不到的。在乡下，只要有什么关于恋爱的捣乱，有谁拔了犹太人的长头发，或是批了波兰贵族的巴掌，大家就都明白，这是微惠尔妥夫少佐干的事。

"因为是副官，我得常常在全省里跑来跑去，有时去买干草或芜菁，有时是将我们的废马卖给犹太人或地主，我的小姐们，但最多的倒是冒充办公，去赴波兰的千金小姐的密约，或者是和有钱的地主去打牌……在圣诞节前一天的夜里，我还很记得，好像就在目前一样，为了公事，叫我从欠斯多霍夫到先威里加村去……天气可真冷得厉害，连马也咳嗽起来，我和我的马车夫，不到半个钟头就成了两条冰柱了……大冷天倒还不怎么打紧，但请你们想一想，半路上可又起了大风雪了。雪片团团地打着旋子，好像晨祷之前的魔鬼一样，风发着吼，似乎是有谁抢去了它的老婆，道路看不见了……不到十分钟，我们大家——我，马车夫和马——就给雪重重地包裹了起来。

"'大人，我们迷了路了！'马车夫说。

"'混蛋！你在看什么的，你这废料？那么，一直走罢，也许会撞着一家人家的！'

---

[1]Mazurka 是一种跳舞——译者。

"我们尽走，尽走，尽是绕着圈子，到半夜里，马停在一个庄园的门口了，我还记得，这是属于一个有钱的波兰人，皤耶特罗夫斯基伯爵的。波兰人还是犹太人，在我就如饭后的浓茶，都可以，但我也应该说句真话，波兰的贵族很爱客人，像年轻的波兰女子那样热情的女人，另外可也并没有……

"我们被请进去了……皤耶特罗夫斯基伯爵这时住在巴黎，招待我们的是他的经理，波兰人加希密尔·哈普进斯基。我还记得，不到一个钟头，我已经坐在那经理的屋子里，消受他的老婆献殷勤，喝酒，打牌了。我赢了十五个金卢布，喝足了酒之后，就请他们给我安息。因为边屋里没有地方了，他们就引我到正屋的一间房子里面去。

"'您怕鬼么？'那经理领我走到通着满是寒冷和昏暗的大厅的一间小房子里，一面问。

"'这里是有鬼的？'我听着自己的言语和脚步的回声，反问道。

"'我不知道，'波兰人笑了起来，'不过我觉得，这样的地方，对于妖魔鬼怪是很合适的。'

"我真醉了，喝得像四万个皮匠一样，但这句话，老实说，却使我发抖。妈的，见一个鬼，我宁可遇见一百个乞尔开斯人！不过也没有法，我就换了衣服，躺下了……我的蜡烛的弱弱的光，照在墙壁上，那墙壁上可是挂着一些东西，你们大约也想象得到的罢，是一张比一张更加吓人的祖像，古代的兵器，打猎的角笛，还有相类的古怪的东西……静到像坟墓一样，只在间壁的大厅里，有鼠子唧唧地叫着，和干燥的木器发着毕毕剥剥的声音。房子外面呢，可仿佛是地狱……风念着超度亡魂经，树木被吹弯了，吼叫着，啼哭着；一个鬼东西，大约是外层窗门罢，发出悲声，敲着窗框子。你们想想看，还要加上我的头正醉得在打旋子，全世界也和我的头一同在打旋子呢……我如果闭上眼，就觉得我的眠床在空屋子里跑，和鬼怪跳着轮舞一样。我想减少这样的恐怖，首先就吹熄了蜡烛，因为空荡荡的屋子，亮比暗是更加觉得可怕的……"

听着大佐讲话的三位小姐们，靠近他去了，凝视着他的脸。

"唔，"大佐讲下去道，"我竭力地想睡着，可是睡魔从我这里逃走了。忽然觉得像有偷儿爬进窗口来，忽然听得像有谁在喊喊喳喳地说话，忽然又好像有人碰了我的肩头——一句话，我觉到一切幻象，这是只要神经曾经异常紧张过的人们，全都经验过来的。现在你们也想想看，在这幻象和声音的混沌中，我却分明地听得，像有曳着拖鞋的声音似的。我尖起耳朵来，——你们想是什么呀？——

我听到，有人走近了门口，咳嗽一下，想开门……

"'谁呀？'我坐起来，一面问。

"'是我……用不着怕的！'回答的是女人的声音。

"我走到门口去……只几分钟，我就觉得鸭绒一般绵软的两条女人的臂膊，搁在我的肩上了。

"'我爱你……我看你是比性命还贵重的。'很悦耳的一种女人的声音说。

"火热的呼吸触着我的面庞……我忘记了风雪，鬼怪，以及世界上的一切，用我的一只手去搂住了那纤腰……那是怎样的纤腰呵！这样的纤腰，是造化用了特别的布置，十年里头只能造出一个来的……纤细，磋磨出来似的，热烈而轻柔，好像一个婴儿的呼吸！我真不能自制了，就用我的臂膊紧紧地抱住她……我们的嘴唇就合成一个紧密的，长久的接吻……我凭着全世界的女性对你们起誓，这接吻，我是到死也不会忘记的。"

大佐住了口，喝过半杯水，用了有些含糊的声音说下去道——

"第二天的早晨，我从窗口望出去，却看见风雪越加厉害了……完全不能走。我只好整天地坐在经理那里，喝酒，打牌。一到夜，我就又睡在那空荡荡的屋子里，到半夜，就又搂着那熟识的纤腰……真的呢，我的小姐们，如果没有这爱，我那时也许真会无聊得送命，或者喝到醉死了的哩。"

大佐叹一口气，站起身来，默默地在屋子里面走。

"那么……后来呢？"一位小姐屏息地等候着，一面问。

"全没有什么。第二天，我们就走路了。"

"但是……那女人是谁呢？"小姐们忸怩地问道。

"这是一猜就知道的，那是谁！"

"不，猜不到呀！"

"那就是我自己的老婆！"

三位小姐都像给蛇咬了似的，跳了起来。

"这究竟是……怎么的呀？"她们问。

"阿呀，天哪，这有什么难懂呢？"大佐耸一耸肩头，烦厌似的回问道，"我自己想，是已经讲得很清楚的了！我是带了自己的女人往先威里加村去的……她在间壁的空房子里过夜……这不是很明白的么！"

"哼哼……"小姐们失望地垂下了臂膊，唠叨道，"这故事，开头是很好的，收场可是只有天晓得……您的太太……请您不要见气，这故事简直是无聊的……也一点不漂亮。"

"奇怪！你们要这不是我自己的女人，却是一个别的谁么！唉唉，我的小姐们，你们现在就在这么想，一结了婚，不知道会得怎么说呢？"

年轻的小姐们狼狈，沉默了。她们都显出不满意的态度，皱着眉头，大声地打起呵欠来……晚餐桌上她们也不吃东西，只用面包搓着丸子，也不开口。

"哼，这简直是……毫无意思！"一个忍不住了，说："如果这故事是这样的收场，您何必讲给我们来听呢？这一点也不好……这简直是出于意外的！"

"开头讲得那么有趣，却一下子收了梢……"别一个接着道，"这不过是侮弄人，再没有什么别的了。"

"哪，哪，哪，……我是开开玩笑的……"大佐说，"请你们不要生气，我的小姐们，我是讲讲笑话的。那其实并不是我自己的女人，却是那经理的……"

"是吗！"

小姐们一下子都开心了，眼睛也发了光……她们挨近大佐去，不断地给他添酒，提出质问来。无聊消失了，晚餐也消失了，因为小姐们忽然胃口很好地大嚼起来了。

一八八六年作

波斯勋章

位在乌拉尔山脉的这一面的一个市里，传播着一种风闻，说是这几天，有波斯的贵人拉哈·海兰住在扶桑旅馆里了。这风闻，并没有引起市民的什么印象，不过是：一个波斯人来了，甚么事呀？只有市长斯台班·伊凡诺维支·古斤一个，一从衙门里的秘书听到那东方人的到来，就想来想去，并且探问道：

"他要上那儿去呢？"

"我想，大约是巴黎或者伦敦罢。"

"哼！……那么，一个阔佬？"

"鬼知道。"

市长从衙门回家，用过中膳之后，他又想来想去了，而且这回是一直想到晚。这高贵的波斯人的入境，很打动了他的野心。他相信，这拉哈·海兰是命运送到他这里来的，实现他渴求梦想的希望，正到了极好的时机了。古斤已经有两个徽章，一个斯坦尼斯拉夫三等勋章[1]，一个红十字徽

---

[1] 这种勋章，只有三等，所以仅仅是起码的东西。——译者注

章和一个"水险救济会"的会员章；此外他还自己做了一
个表链的挂件，是用六弦琴和金色枪支交叉起来的，从他
制服的扣子洞里拖了出来，远远地望去，就见得不平常，
很像光荣的记号。如果谁有了勋章和徽章，越有，就越想多，
那是一定的，——市长久已想得一个波斯的"太阳和狮子"
勋章的了，他想得发恼，发疯。他知道得很明白，要弄这
勋章到手，用不着战争，用不着向养老院捐款，也用不着
去做议员，只要有一个好机会就够。现在是这机会好像来
到了。

第二天正午，他挂上了所有的徽章，勋章，以及表链
之类，到扶桑旅馆去。他的运气也真好，当他跨进波斯贵
人的房间里面的时候，贵人恰只一个人，而且正闲着。拉
哈·海兰是一个高大的亚洲人，翠鸟似的长鼻子，凸出的
大眼睛，头戴一顶土耳其帽，坐在地板上，在翻他的旅行箱。

"请您宽恕我的打搅，"古斤带着微笑，开始说，"有介
绍自己的光荣：世袭有名誉的市民，各种勋章的爵士，斯
台班·伊凡诺维支·古斤，本市市长。认您个人为所谓亲
善的邻邦的代表者，我觉得这是我的义务。"

那波斯人转过脸来，说了几句什么很坏的法国话，那
声音就像木头敲着木头一样。

"波斯的国界，"古斤仍说他准备好了的欢迎词，"和我

们的广大的祖国的国界，是接触的极其密切的，就因为这彼此的交感，使我要称您为我们的同胞。"

高贵的波斯人站起来了，又说了一点什么敲木头似的话。古斤，是什么外国话也没有学过的，只好摇摇头，表示他听不懂。

——我该怎么和他说呢？——他自己想。——叫一个翻译员来，那就好了，但这是麻烦的事情，别人面前不好说。翻译员会到全市里去嚷嚷的。——

古斤于是把日报上见过的所有外国字，都搬了出来。

"我是市长……"他吃吃地说，"这就是 Lord-Maire（市长）……Municipalé（市的）……Wui（怎样）？Komprené（懂么）？"

他想用言语和手势来表明他社会的地位，但不知道要怎么办才好。挂在墙上的题着"威尼斯市"的一幅画，却来救了他了。他用指头点点那市街，又点点自己的头，以为这么一来，就表出了"我是市长"这一句。波斯人一点也不懂，但也微笑着说道：

"Bon（好），monsieur……bon……"

过了半点钟，市长就轻轻地敲着波斯人的膝髁和肩头，说道：

"Komprené？ Wui？ 做 Lard-Maire 和 Municipalé……

我请您去 Promenade（散步）一下……Komprené？
Promenade……"

古斤又向着威尼斯的风景，并且用两个手指装出
走路的脚的模样来。拉哈·海兰是在注视他那些徽章
的，大约分明悟到他是本市的最重要人物了，并且懂得
"Promenade"的意思，便很有些客气。两个人就都穿上
外套，走出了房间。到得下面的通到扶桑饭馆的门口的时
候，古斤自己想，请这波斯人吃一餐，倒也很不坏。他站
住脚指着食桌，说道：

"照俄国的习惯，这是不妨事的……我想：Purée（肉
饼），entre cte（炸排骨）……Champagne（香槟酒）之类……
Komprené？"

高贵的客人懂得了，不多久，两人就坐在饭馆的最上
等房间里喝着香槟，吃起来。

"我们为波斯的兴隆来喝一杯！"古斤说，"我们俄
国人是爱波斯人的。我们的信仰不同，然而共通的利害，
彼此的共鸣……进步……亚洲的市场……所谓平和的前
进……"

高贵的波斯人吃得很厉害。他用叉刺着熏鱼，点点头，
说：

"好！Bien（好）！"

"这中您的意？"古斤高兴地问道。"Bien 吗？那好极了！"于是转向侍者，说道："路加，给你的大人送两尾熏鱼到房间去，要顶好的！"

市长和波斯的贵人于是驱车到动物园去游览。市民们看见他们的斯台班·伊凡诺维支怎样地香槟酒喝得通红，快活地，而且很满足地带着波斯人看市里的大街，看市场，还指点名胜给他看；他又领他上了望火台。

市民们又看见他怎样地在一个雕着狮子的石门前面站住，向波斯人先指指狮子，再指指天上的太阳，又轻轻地拍几下自己的前胸，于是又指狮子，又指太阳，这时波斯人便点头答应了，微笑着露出他雪白的牙齿。这晚上，他们俩坐在伦敦旅馆里，听一个闺秀的弹琴；但夜里怎么样呢，可是不知道。

第二天早上，市长就上衙门来；属员们似乎已经有些晓得了：秘书走近他去，带着嘲弄的微笑，对他说道：

"波斯人是有这样的风俗的：如果有一个高贵的客人到您这里来，您就应该亲自动手，为他宰一只阉过的羊。"

过了一会，有人给他一封信，是从邮政局寄来的。古斤拆开封套，看见里面是一张漫画。画着拉哈·海兰，市长却跪在他面前，高高地伸着两只手，说道：

为了尊重俄罗斯和波斯的

彼此亲善的表记，

大使呀，我甘心愿意

宰掉自己当做阉羊，

但您原谅罢：我只是一匹驴子！

市长在心里觉得不舒服，然而也并不久。一到正午，他就又在高贵的波斯人那里了，又请他上饭馆，点给他看市里的名胜，又领他到狮子门前，又指指狮子，指指太阳，并且指指自己的胸口，他们在扶桑旅馆吃夜饭，吃完之后，就嘴里衔着雪茄，显着通红的发亮的脸，又上望火台。大约是市长想请客人看一出稀奇的把戏罢，便从上面向着在下面走来走去的值班人，大声叫喊道：

"打呀，警钟！"

然而警钟并没有效，因为这时候，全部的救火队员都正在洗着蒸汽浴。

他们在伦敦旅馆吃夜饭，波斯人也就动身了。告别之际，斯台班·伊凡诺维支照俄国风俗，和他接吻三回，还淌了几滴眼泪。列车一动，他叫道：

"请您替我们问波斯好。请您告诉他们，我们是爱波斯的！"

一年另四个月过去了。正值零下三十五度的严寒时节，刮着透骨的风。斯台班·伊凡诺维支却敞开了皮外套的前胸，在大街上走，并且很懊恼，是为了没有人和他遇见，看见他那太阳和狮子的勋章。他敞开着外套，一直走到晚，完全冻坏了；夜里却只是翻来覆去，总是睡不着。

他气闷，肚里好像火烧，他的心跳个不住：现在是在想得塞尔比亚的泰可服勋章了。他想得很急切，很苦恼。

一八八七年作

暴躁人

　　我是一个一本正经的人，我的精神，有着哲学的倾向。说到职业，我是财政学家，研究着理财法，正在写一篇关于"蓄犬税之过去与未来"的题目的论文。所有什么少女呀，诗歌呀，月儿呀，以及别的无聊东西，那当然是和我并无关系的。

　　早上十点钟。我的妈妈给我一杯咖啡。我一喝完，就到露台上面去，为的是立刻做我的论文。我拿过一张白纸来，把笔浸在墨水瓶里，先写题目：蓄犬税之过去与未来。我想了一想，写道：史的概观。据见于海罗陀都斯与克什诺芬[1]之二三之暗示，则蓄犬税之起源……

　　但在这瞬息间，忽然听到了很可虑的脚步声。我从我的露台上望下去，就看见一个长脸盘，长腰身的少女。她的名字，我想，是那覃加或是瓦连加；但这与我不相干。

---

[1] Herodotus（484—408 年），希腊史家，世称"历史之父"；Xenophcn（435-354 年），希腊史家，哲学家，也是悄军。　　译者注

她在寻东西，装作没有见我的样子，自己哼着：

"你可还想起那满是热情的一曲……"

我复看着自己的文章，想做下去了，但那少女却显出好像忽然看见了我的样子，用悲哀的声音，说道：

"晨安，尼古拉·安特来维支！您看，这多么倒运！昨天我在这里散步，把手镯上的挂件遗失了。"

我再看一回我的论文，改正了错误的笔画，想做下去了，然而那少女不放松。

"尼古拉·安特来维支"，她说，"谢谢您，请您送我回家去。凯来林家有一只大狗，我一个人不敢走过去呀。"

没有法子。我放下笔，走了下去。那罩加或是瓦连加便绾住了我的臂膊，我们就向她的别墅走去了。

我一碰上和一位太太或是一位小姐挽着臂膊，一同走路的义务，不知道为什么缘故，我总觉得好像是一个钩子，挂上了一件沉重的皮衣；然而那罩加或是瓦连加呢，我们私下说说罢，却有着热情的天性（她的祖父是亚美尼亚人），她有一种本领，是把她全身的重量，都挂在我的臂膊上，而且紧贴着我的半身，像水蛭一样。我们这样地走着……当我们走过凯来林家的别墅旁边时，我看见一条大狗，这使我记起蓄犬税来了。我出神地挂念着我那开了手的工作，叹一口气。

　　"您为什么叹气"，那覃加或是瓦连加问我道，于是她自己也叹一口气。

　　我在这里应该夹叙几句。那覃加或是瓦连加（现在我记得了，她叫玛先加）不知从哪里想出来的，以为我在爱她，为了人类爱的义务，就总是万分同情地注视我，而且要用说话来医治我心里的伤。

　　"您听呀"，她站住了，说，"我知道您为什么叹气的。您在恋爱，是罢！但我凭了我们的友情，要告诉您，您所爱的姑娘，是很尊敬您的！不过她不能用了相同的感情，来报答你的爱，但是，如果她的心是早属于别人的了，这哪里能说是她的错处呢？"

　　玛先加鼻子发红，胀大了，眼睛里满含了眼泪；她好像是在等我的回答，但幸而我们已经到了目的地……檐下坐着玛先加的妈妈，是一个好太太，但满抱着成见；她一看见她女儿的亢奋的脸，就注视我许多工夫，并且叹一口气，仿佛是在说："唉唉，这年轻人总是遮掩不住的！"除她之外，檐下还坐着许多年轻的五颜六色的姑娘，她们之间，还有我的避暑的邻居，在最近的战争时，左颞颥和右臀部都负了伤的退伍军官在里面。这不幸者也如我一样，要把一夏天的时光献给文学的工作。他在写"军官回忆记"。他也如我一样，是每天早晨，来做他那贵重的工作的，但他刚写了一句"余生于××××年"，他的露台下面便有一个什么瓦连加或是玛先加出现，把这可怜人查封了。

所有的人，凡是坐在檐下的，都拿着铗子，在清理什么无聊的，要煮果酱的浆果。我打过招呼，要走了。但那些五颜六色的年轻姑娘们却嚷着拿走了我的帽子和手杖，要求我停下来。我只好坐下。她们就递给我一盘浆果和一枝发针。我也动手来清理。

五颜六色的年轻姑娘们在议论男人们。这一个温和，那一个漂亮，然而不得人意，第三个讨厌，第四个也不坏，如果他的鼻子不像指头套，云云，云云。

"至于您呢，Monsieur[1] 尼古拉，"玛先加的妈妈转过脸来，对我说，"是不算漂亮的，然而得人意……您的脸上有一点……况且，"她叹息，"男人最要紧的并不是美，倒是精神。"

年轻的姑娘们却叹息着，顺下眼睛去。她们也赞成了，男人最要紧的并不是美，倒是精神。我向镜子一瞥，看看我有怎样的得人意。我看见一个蓬蓬松松的头，蓬蓬松松的颚须和唇须，眉毛，面庞上的毛，眼睛下面的毛，是一个树林，从中突出着我那强固的鼻子，像一座塔。漂亮，

---

[1]法国话，如中国现在之称"先生"；那时俄国的上流社会，说法国话是算时髦的。——译者注

人也只好这么说了!

"所以您是用精神方面,赛过了别样的,尼古拉,"玛先加的妈妈叹息着说,好像她在使自己藏在心里的思想,更加有力量。

玛先加在和我一同苦恼着,但对面坐着一个爱她的人的意识,似乎立刻给了她很大的欢乐了。年轻的姑娘们谈完了男人,就论起恋爱来。这议论继续了许多工夫之后,一个姑娘站起身,走掉了。留下的就又赶紧来批评她。大家都以为她糊涂,难对付,很讨厌,而且她的一块肩胛骨,位置又是不正的。

谢谢上帝,现在可是我的妈妈差了使女来叫我吃饭了。现在我可以离开这不舒服的聚会,回去再做我的论文了。我站起来,鞠一个躬。玛先加的妈妈,玛先加自己,以及所有五颜六色的年轻姑娘们,便把我包围,并且说我并无回家的权利,因为我昨天曾经对她们有过金诺,答应和她们一同吃中饭,吃了之后,就到树林里去找菌子的。我鞠一个躬,又坐下去……我的心里沸腾着憎恶,并且觉得我已经很难忍耐,立刻就要爆发起来了,然而我的礼貌和生怕捣乱的忧虑,又牵制我去顺从妇女们。我于是顺从着。

我们就了食桌。那颞颥部受了伤的军官,下巴给伤牵扯了,吃饭的模样,就像嘴里着马嚼子。我用面包搓丸子,记挂着蓄犬税，而且想到自己的暴躁的性子，竭力不开口。
玛先加万分同情地看着我。搬上来的是冷的酸模汤，青豆
牛舌，烧子鸡和糖煮水果。我不想吃，但为了礼貌也吃着。
饭后，我独自站在檐下吸烟的时候，玛先加的妈妈跑来了，
握了我的手，气喘吁吁地说道：

"但是你不要绝望，尼古拉，……她是这样的一个容易
感触的性子呀……这样的一个性子！"

我们到树林里去找菌子……玛先加挂在我的臂膊上，
而且紧紧地吸住了我一边的身体。我真苦得要命了，但是
忍耐着。

我们走到了树林。

"您听呀，Monsieur 尼古拉，"玛先加叹息着开口了：
"您为什么这样伤心的？您为什么不说话的？"

真是一个奇特的姑娘：我和她有什么可谈呢？我们有
什么投契之处呢？

"请您讲一点什么罢……"她要求说。

我竭力要想出一点她立刻就懂，极平常的事情来。想
了一会之后，我说道：

"砍完森林，是给俄国很大的损害的……"

"尼古拉！"玛先加叹着，她的鼻子红起来了。"尼古拉，
我看您是在回避明说的……您想用沉默来惩罚我……你的

感情得不到回音，您就孤零零的连苦痛也不说……这是可怕的呀。尼古拉！"她大声地说，突然抓住了我的手，我还看见她的鼻子又在发胀了。"如果您所爱的姑娘，对您提出永久的友谊来，您怎么说呢？"

我哼了一点不得要领的话，因为我实在不知道，我有什么和她可说的……请您知道：第一是我在这世界上什么姑娘也不爱；第二，我要这永久的友谊有什么用呢？第三是我是很暴躁的。玛先加或是瓦连加用两手掩着脸，像对自己似的，低低地说道：

"他不说……他明明是在要求我做牺牲……但如果我还是永久地爱着别一个，那可是不能爱他的呀！况且……让我想一想罢……好，我来想一想罢……我聚集了我的灵魂的所有的力，也许用了我的幸福的代价，将这人从他的苦恼里超度出来罢！"

我不懂。这对于我，是一种凯巴拉[1]。我们再走开去，采集着菌子。我们沉默得很久。玛先加的脸上，显出内心的战斗来。我听到狗叫，这使我记得了我的论文，我于是大声叹息了。我在树干之间看见了负伤的军官。这极顶可怜的人很苦楚地左右都蹩着脚：左有他负伤的臀部，右边是挂着一个五颜六色的年轻的姑娘。他的脸上，表现着对

---

[1] Kabbala，希伯来的神秘哲学。——译者注

于命运的屈服。

从树林回到别墅里，就喝茶。后来我们还玩克罗开式 [1]，听五颜六色的年轻姑娘们中之一唱曲子："不呀，你不爱我，不呀，不呀！"唱到"不呀"这一句，她把嘴巴歪到耳朵边。

"Charmant！[2]"其余的姑娘们呻吟道。"Charmant！"

黄昏了。丛树后面出现了讨厌的月亮。空气很平静，新割的干草发出不舒服的气味来。我拿起自己的帽子，要走了。

"我和您说句话，"玛先加大有深意似的，悄悄地说，"您不要走。"

我觉得有点不妙。但为了礼貌，我留着。玛先加拉了我的臂膊，领我沿着列树路走。现在是她全身都现出战斗来了。她颜色苍白，呼吸艰难，简直有扭下我的右臂来的形势。她究竟是怎么的？

"您听罢，……"她低声说，"不行，我不能……不行……"

她还要说些话，然而决不下。但我从她的脸上看出，她可是决定了。她以发光的眼睛和发胀的鼻子，突然抓住了我的手，很快地说道：

[1] Krocket，是一种室外游戏。——译者注
[2] 法国语，赞词。——译者注

"尼古拉，我是你的！我不能爱你，但我约给你忠实！"

她于是贴在我的胸膛上，又忽然跳开去了。

"有人来了……"她低声说，"再见……明早十一点，我在花的亭子里……再见！"

她消失了。我莫名其妙，心跳着回家。"蓄犬税之过去与未来"在等候我，然而我已经不能工作了。我狂暴了。也可以说，我简直可怕了。岂有此理，将我当做乳臭小儿看待，我是忍不住的！我是暴躁的，和我开玩笑，是危险的！使女走进来，叫我晚餐的时候，我大喝道："滚出去！"我的暴躁的性子，是不会给人大好处的。

第二天的早晨。这真是一个避暑天气，气温在零度下，透骨的寒风，雨，烂泥和樟脑丸气味，我的妈妈从提包里取出她那冬天外套来了。是一个恶鬼的早晨。就是一八八七年八月七日有名的日食出现的时候。我还应该说明，当日食时，我们无论谁，即使并非天文学家，也能够弄出大益处来的。谁都能做的是：一，测定太阳和月亮的直径；二，描画日冠；三，测定温度；四，观察日食时的动物和植物；五，写下本身的感觉来，等等。这都是很重要的事，使我也决计推开了"蓄犬税之过去与未来"，来观察日食了。我们大家都起得很早。所有目前的工作，我是这样分配的：我测量太阳和月亮的直径，负伤军官画日冠，玛先加和五颜六色的年轻姑娘们，就担任了其余的一切。现在是大家聚起来，等候着了。

"日食是怎么起来的呢？"玛先加问我说。

我回答道："如果月亮走过黄道的平面上，到了连接太阳和月亮的中心点的线上的时候，那么，日食就成立了。"

"什么是黄道呢？"

我把这对她说明。玛先加注意地听着，于是发问道：

"用一块磨毛了的玻璃，可以看见那连接着太阳和月亮的中心点的线么？"

我回答她，这是想象上的线。

"如果这单是想象，"玛先加惊奇了，"那么，月亮怎么能找到它的位置呢？"

我不给她回答。我觉得这天真烂漫的质问，真使我心惊胆战了。

"这都是胡说，"玛先加的妈妈说，"后来怎样，人是不能够知道的，您也没有上过天；您怎么想知道太阳和月亮出了什么事呢？空想罢了！"

然而一块黑斑，跑到太阳上面来了。到处的混乱。母牛，绵羊和马，就翘起了尾巴，怕得大叫着，在平野上奔跑。狗起来。臭虫以为夜已经开头了，就从它的隙缝里爬出，来咬还在睡觉的人。恰恰运着王瓜回去的助祭，就跳下车子，躲到桥下，他的马却把车子拉进了别人的院子里，王瓜都给猪吃去了。一个税务官员，是不在家里，却在避暑女客那里过夜的，只穿一件小衫，从房子里跳出，奔进群众里面去，还放声大叫道："逃命呀！你们！"

许多避暑的女人们，年轻的和漂亮的，给喧闹惊醒，就靴也不穿，闯到街上来。还有许多别的事，我简直怕敢重述了。

"唉唉，多么可怕！"五颜六色的年轻姑娘们呼号道，"唉唉，多么可怕！"

"Mesdames[1]，观测罢！"我叫她们，"时间是要紧的呀！"

我自己连忙测量直径……我记得起日冠来，就用眼睛去寻那负伤的军官。他站着，什么也不做。

"您怎么了？"我大声说。"日冠呢？"

他耸一耸肩膀，用无可奈何的眼光，示给我他的臂膊。原来这极顶可怜人的两条臂膊上，都挂着一个年轻姑娘；因为怕极了，紧贴着他，不放他做事。我拿一支铅笔，记下每秒的时间来。这是重要的。我又记下观测点的地理上的形势。这也是重要的。现在我要决定直径了，但玛先加却捏住了我的手，说道：

"您不要忘记呀，今天十一点！"

---

[1]法国语，在这里大约只好译作"小姐们"了。——译者注

我抽出我的手来，想利用每一秒时，继续我的观测，然而玛先加发着抖，绾在我的臂膊上了，还紧挨着我半边的身子。铅笔，玻璃，图，——全都滚到草里去了。岂有此理！我是暴躁的，我一恼怒，自己也保不定会怎样，这姑娘可真的终于要明白了。

我还想接着做下去，但日食却已经完结了。

"您看着我呀！"她娇柔地低声说。

阿，这已经是愚弄的极顶了！人应该知道，和男子的忍耐来开这样的玩笑，是只会得到坏结果的。如果出了什么可怕的事情，可不要来责难我！我不许谁来愚弄我，真真岂有此理，如果我恼怒起来，谁也不要来劝我，谁也不要走近我罢！我是什么都干得出来的！

年轻的姑娘们中的一个，大概是从我的脸上，看出我要恼怒来了，分明是为了宽慰我的目的，便说道：

"尼古拉·安特来维支，我办妥了你的嘱托了。我观察了哺乳动物。我看见日食之前，一匹灰色狗在追猫，后来摇了许多工夫尾巴。"

就这样子，从日食是一无所得。我回了家。大在下雨，我不到露台上去做事。但负伤军官却敢于跑出他的露台去，并且还写"余生于××××年"；后来我从窗子里一望，是一个年轻姑娘把他拖往别墅里去了。我不能写文章，因为我还在恼怒，而且心跳。我没有到园亭去。这是有失礼貌的，但天在下雨，我也真的不能去。正午，我收到玛先加的一封信；信里是谴责，请求，要我到园亭去，而且写起"你"来了。一点钟我收到第二封信，两点钟第三封……我只得去。但临走之前，我应该想一想，我和她说些什么呢。我要做得像一个正人君子。第一，我要对她说，她以为我在爱她，是毫无根据的。这样的话，原不是对闺秀说的。对一个闺秀说"我不爱您"，就恰如对一个作家说"您不懂得写东西"。我还不如对玛先加讲讲我的结婚观罢。我穿好冬天外套，拿了雨伞，走向亭园去。我知道自己的暴躁的性子，就怕话说得太多。我要努力自制才好。

我等在园亭里。玛先加脸色青白，哭肿着眼睛。她一看见我，就欢喜地叫起来了，抱住我的颈子，说道：

"到底！你在和我的忍耐力开玩笑罢。听罢，我整夜没有睡着……总是想。我觉得，我和你，如果我和你更加熟识起来……那是会爱的……"

我坐下，开始对她来讲我的结婚观了。为了不要太散漫，而且讲得简洁，我就用一点史的概观开头。我说过了印度人和埃及人的结婚，于是讲到近代；也说明了叔本华[1]的思

---

[1] Arthur Schopenhauer（1788-1860年），德国的厌世的哲学者，也极憎恶女人。——译者注

想之一二。玛先加是很留心地听着的，但忽然和各种逻辑不对劲，知道必须打断我了。

"尼古拉，和我接吻呀！"她对我说。

我很狼狈，也不知道应该和她怎么说。她却总是反复着她的要求。没有法子，我站起来，把我的嘴唇碰在她的长脸上，这感觉，和我还是孩子时候，在追悼式逼我去吻死掉的祖母的感觉，是一样的。然而玛先加还不满于这接吻，倒是跳了起来，拼命地拥抱了我。在这瞬息中，园亭门口就出现了玛先加的妈妈。她显着吃惊的脸，对谁说了一声"嘘！"就像运送时候的梅菲斯妥沛来斯[1]似的消失了。

我失措地，恨恨地回家去。家里却遇见了玛先加的妈妈，她含了泪，拥抱着我的妈妈。我的妈妈正在流着眼泪说：

"我自己也正希望着呢！"

于是——您们以为怎样？……玛先加的妈妈就走到我这里来，拥抱了我，说道：

"上帝祝福你们！要好好地爱她……不要忘记，她是给你做了牺牲的……"

现在是我就要结婚了。当我写着这些的时候，傧相就站在我面前，催我要赶快。这些人真也不明白我的性子，

---

[1] Mephistopheles，就是"浮士德"里的天魔，把浮士德送到狱中的爱人面前，就消失了。这里大约只取了送入牢狱的意思。——译者注

我是暴躁的，连自己也保不定！岂有此理，后来怎样，你们看着就是！把一个暴躁的人拖到结婚礼坛去，据我看来，是就像把手伸进猛虎的柙里去一样的。我们看着罢，我们看着罢，后来怎么样！

这样子，我是结了婚了。大家都庆贺我，玛先加就总是缠住我，并且说道：

"你要明白，你现在是我的了！说呀，你爱我！说呀！"

于是她的鼻子就胀大了起来。

我从傧相那里，知道了那负伤的军官，用非常惬当的方法，从赤绳里逃出了。他把一张医生的诊断书给一个五颜六色的年轻姑娘看，上面写着他因为颞颥部的伤，精神有些异常，在法律上是不许结婚的。真想得到！我也能够拿出这样的东西来的。我的一个叔伯是酒徒，还有一个叔伯是出奇的糊涂（有一回，他当做自己的帽子，错戴了女人的头巾），一个姑母是风琴疯子，一遇见男人们，便对他们伸出舌头来。再加以我的非常暴躁的性子——就是极为可疑的症候。但这好想头为什么来得这样迟呢？唉唉，为什么呢？

一八八七年作

阴 谋

一，选举协会代表。

二，讨论十月二日事件。

三，正会员 M・N・望・勃隆医师的提议。

四，协会目前的事业。

十月二日事件的张本人医师夏列斯妥夫，正在准备着赴会；他站在镜子前面已经好久了，竭力要给自己的脸上现出疲倦的模样来。如果他显着兴奋的，紧张的，红红的或是苍白的脸相去赴会罢，他的敌人是要当做他对于他们的阴谋，给与了重大的意义的。然而，假使他的脸是冷淡，不动声色，像要睡觉，恰如一个站在众愚之上，倦于生活的人呢，那么，那些敌人一看见，就会肃然起敬，而且心里想道：

他硬抬着不屈的头，

高于胜利者拿破仑的纪念碑！

　　他要像一个对于自己的敌人和他们的恶声并不介意的人一样，比大家更迟地到会。他要没有声响地走进会场去，用懒洋洋的手势摸一下头发，对谁也不看，坐在桌子的末一头。他要采取那苦于无聊的旁听者的态度，悄悄地打一个呵欠，从桌上拉过一张日报，看起来……大家是说话，争论，激昂，彼此叫着守秩序，然而他却一声也不响，在看报。但终于时常提出他的名字来，火烧似的问题到了白热了，他才向同僚们抬起他那懒懒的疲倦的眼睛，很不愿意似的开口道：

　　"大家硬要我说话……我完全没有准备，诸君，所以我的话如果有些不周到，那是要请大家原谅的。我要 ab ovo（从最初）开头……在前一次的会议上，几位可敬的同事已经发表，说我在会同诊断的时候，很有些不合他们尊意的态度，要求我来说明。我是以为说明是多事，对于我的非难也是不对的，就请将我从协会除名，退席了。但现在，对于我又提出新的一串责备来了，不幸得很，看来我也只好来说明一下子。那是这样的。"

　　于是他就随随便便地玩着铅笔或表链，说了起来，会同诊断的时候，他发出大声，以及不管别人在旁，打断同事的说话，是真的；有一回会同诊断时，他在医师们和病人的亲属面前，问那病人道："那一个糊涂虫给您开了鸦片的呀？”这也是真的。几乎没有一回会同诊断不闹一点事……然而，什么缘故呢？这简单得很。就是每一回会诊，同事们的知识程度之低，不得不使他夏列斯妥夫惊异。本市有医师三十二人，但其中的大部分，却比一年级的大学生知道得还要少。例子是不必旁征博引的。Nomina sunt（举出姓名来），自然，odiosa（要避免），但在这会场里，都是同行，省得以为妄谈，他却也可以说出名姓来的。大家都知道，例如可敬的同事望·勃隆先生，他用探针把官太太绥略息基娜的食道戳通了……

这时候，同事望·勃隆就要发跳，在头上拍着两手，大叫起来：“同事先生，这是您戳通的呀，不是我！是您！我来证明！”

夏列斯妥夫却置之不理，继续地说道：

“这也是大家知道的，可敬的同事希拉把女优绥米拉米提娜的游走肾误诊为脓疡，行了试行刺穿，立刻成为 exitus letalis（死症）了。还有可敬的同事培斯忒伦珂，原是应该拔掉左足大趾的爪甲的，他却拔掉了右足的好好的爪甲。还有不能不报告的一件事，是可敬的同事台尔哈良支先生，非常热心地开通了士兵伊凡诺夫的欧斯答几氏管，至于弄破了病人的两面的鼓膜。趁这机会我还要报告一下，也是这位同事，因为给一个病人拔牙，使她的下颚骨脱了口，一直到她答应愿出五个卢布医费了，这才替她安上去。可敬的同事古理金和药剂师格伦美尔的侄女结了婚，和他是通着气脉的。这也谁都知道，我们本会的秘书，少年的同事斯可罗派理台勒尼，和我们可敬的会长古斯泰夫·古斯泰服维支·普莱息台勒先生的太太有关系……从知识程度之低的问题，我竟攻击到道德上去了。这更其好。伦理，是我们的伤口，诸君，为了免得以为妄谈，我要对你们举出我们的可敬的同事普苏耳珂夫来，他在大佐夫人德来锡金斯凯耶命名日庆祝的席上，竟在说，和我们的可敬的会长夫人有关系的，并非可罗派理台勒尼，倒是我！敢于这么说的普苏耳珂夫先生，前年我却亲见他和我们的可敬同事思诺比支的太太在一起！此外，思诺比支医师……都说凡有闺秀们请他去医治，就不十分妥当的医生，是谁呀？——思诺比支！为了带来的嫁资，和商人的女儿结婚的是谁呀？——思诺比支！然而我们的可敬的会长怎么样呢，他暗暗地用着类似疗法，还做奸细，拿普鲁士的钱。一个普鲁士的奸细——这已经确是 ultima ratio（唯一的结论）了！"

凡有医师们，倘要显出自己的聪明和是干练的雄辩家来，就总是用这两句腊丁话："nomina sunt odiosa" 和 "ultima ratio"。夏列斯妥夫却不只腊丁话，也用法国和德国的，爱说什么就说什么！他要暴露大家的罪过，撕掉一切阴谋家的假面；会长摇铃摇得乏力了，可敬的同事们从座位上跳起来，摇着手……摩西教派的同事们是聚作一团，在嚷叫。

然而夏列斯妥夫却对谁也不看，仍然说：

"但我们的协会又怎么样呢，如果还是现在的组织和现在的秩序，那不消说，是就要完结的。所有的事，都靠着阴谋。阴谋，阴谋，第三个阴谋，成了这魔鬼的大阴谋的一个牺牲的我，这样得说明一下，我以为是我的义务。"

他就说下去，他的一派就喝彩，胜利地拍手。在不可以言语形容的喧嚣和轰动里，开始选举会长了。望·勃隆公司拼命地给普莱息台勒出力，然而公众和明白的医师们却加以阻挠，并且叫喊道：

"打倒普莱息台勒！我们要夏列斯妥夫！夏列斯妥夫！"

夏列斯妥夫承认了当选，但有一个条件，是普莱息台勒和望·勃隆为了十月二日的事件，得向他谢罪。又起了震聋耳朵的喧嚣，摩西教派的可敬的同事们又聚作一堆，在嚷叫……普莱息台勒和望·勃隆愤慨了，终于辞去了做这协会的会员。那更好！

夏列斯妥夫是会长了。首先第一着，是打扫这秽墟。思诺比支应该出去！台尔哈良支应该出去！摩西教派的可敬的同事们应该出去！和他自己的一派，要弄到一到正月，就再不剩一点阴谋。他先使刷新了协会里的外来病人诊治所的墙壁，还挂起一块"严禁吸烟"的牌示来；于是把男女的救护医员都赶走，药品是不要格伦美尔的了，去取赫拉士舍别支基的，医师们还提议倘不经过他的鉴定，就不得施行手术，等等。但最关紧要的，是他名片上印着这样的头衔："N 医师协会会长"。

夏列斯妥夫站在家里的镜子前面，在做这样的梦。时钟打了七下，他也记起他应该赴会了。他从好梦里醒转，赶紧要使他的脸显出疲倦的表情来，但那脸却不愿意依从他，只成了一种酸酸的钝钝的表情，像受冻的小狗儿一样；他想脸再分明些，然而又见得长了起来，模糊下去，似乎已经不像狗，却仿佛一只鹅了。他顺下眼皮，细一细眼睛，鼓一鼓面颊，皱一皱前额，不过都没有救：现出来的全不是他所希望的样子。大约这脸的天然的特色就是这一种，奈何它不得的。前额是低的，两只小眼睛好像狡猾的女商人，轮来轮去，下巴向前凸出，又蠢又呆，那面庞和头发呢，就和一分钟前，给人从弹子房里推了出来的"可敬的同事"一模一样。

夏列斯妥夫看了自己的脸，气愤了，觉得这脸对他也在弄阴谋。他走到前厅，准备出去，又觉得连那些皮外套，橡皮套靴和帽子，也对他在弄着阴谋似的。

"车夫，诊治所去！"他叫道。

他肯给二十个戈贝克，但阴谋团的车夫们，却要二十五个戈贝克……他坐在车上，走了，然而冷风来吹他的脸，湿雪来眯他的眼，可怜的马在拉不动似的慢慢地一拐一拐地走。一切都同盟了，在弄着阴谋……阴谋，阴谋，第三个阴谋！

一八八七年作

译者后记

契诃夫的这一群小说,是去年冬天,为了"译文"开手翻译的,次序并不照原译本的先后。是年十二月,在第一卷第四期上,登载了三篇,是"假病人","薄记课副手日记抄"和"那是她",题了一个总名,谓之"奇闻三则",还附上几句后记道——

以常理而论,一个作家被别国译出了全集或选集,那么,在那一国里,他的作品的注意者,阅览者和研究者该多起来,这作者也更为大家所知道,所了解的。但在中国却不然,一到翻译集子之后,集子还没有出齐,也总不会出齐,而作者可早被压杀了。易卜生,莫泊桑,辛克莱,无不如此,契诃夫也如此。

不过姓名大约还没有被忘却。他在本国,也还没有被忘却的,一九二九年做过他死后二十五周的纪念,现在又在出他的选集。但在这里我不想多说什么了。

"奇闻三篇"是从 Alexander Eliasberg 的德译本"Der

persiche Orden und andere Grotesken"（Welt-Verlag,
Berlin，1922 年）里选出来的。这书共八篇，都是他前期
的手笔，虽没有后来诸作品的阴沉，却也并无什么代表那
时的名作，看过美国人做的"文学概论"之类的学者或批
评家或大学生，我想是一定不准它称为"短篇小说"的，
我在这里也小心一点，根据了"Groteske"这一个字，将
它翻作了"奇闻"。第一篇介绍的是一穷一富，一厚道一狡
猾的贵族；第二篇是已经爬到极顶和日夜在想爬上去的雇
员；第三篇是圆滑的行伍出身的老绅士和爱听艳闻的小姐。
字数虽少，角色却都活画出来了。但作者虽是医师，他给
簿记课副手代写的日记是当不得正经的，假如有谁看了这
一篇，真用升汞去治胃加答儿，那我包管他当天就送命。
这种通告，固然很近于"杞忧"，但我却也见过有人将旧小
说里狐鬼所说的药方，抄进了正经的医书里面去——人有
时是颇有些稀奇古怪的。

　　这回的翻译的主意，与其说为了文章，倒不如说是因
为插画；德译本的出版，好像也是为了插画的。这位插画
家玛修丁（V. N. Massiutin），是将木刻最早给中国读者
赏鉴的人，"未名丛刊"中"十二个"的插图，就是他的作
品，离现在大约已有十多年了。今年二月，在第六期上又
登了两篇："暴躁人"和"坏孩子"。那后记是——

契诃夫的这一类的小说，我已经介绍过三篇。这种轻松的小品，恐怕中国是早有译本的，但我却为了别一个目的：原本的插画，大概当然是作品的装饰，而我的翻译，则不过当做插图画的说明。

就作品而论，"暴躁人"是一八八七年作；据批评家说，这时已是作者的经历更加丰富，觉察更加广博，但思想也日见阴郁，倾于悲观的时候了。诚然，"暴躁人"除写这暴躁人的其实并不敢暴躁外，也分明地表现了那时的闺秀们之鄙陋，结婚之不易和无聊；然而一八八三年作的大家当做滑稽小品看的"坏孩子"，悲观气息却还要沉重，因为看那结末的叙述，已经是在说：报复之乐，胜于恋爱了。

接着我又寄去了三篇："波斯勋章"，"难解的性格"和"阴谋"，算是全部完毕。但待到在"译文"第二卷第二期上发表出来时，"波斯勋章"不见了，后记上也删去了关于这一篇作品的话，并改"三篇"为"二篇"——

木刻插画本契诃夫的短篇小说共八篇，这里再译二篇。

"阴谋"也许写的是夏列斯妥夫的性格和当时医界的腐败的情形。但其中也显示着利用人种的不同于"同行嫉妒"。例如，看起姓氏来，夏列斯妥夫是斯拉夫种人，所以他排斥"摩西教派的可敬的同事们"——犹太人，也排斥医师普莱息台勒（Gustav Prechtel）和望·勃隆（Von Bronn）以及药剂师格伦美尔（Grummer），这三个都是德国人姓氏，大约也是犹太人或者日耳曼种人。这种关系，在作者本国的读者是一目了然的，到中国来就须加些注释，有点缠夹了。但参照起中村白叶氏日文译本的"契诃夫全集"，这里却缺少了两处关于犹太人的并不是好话。一是缺了"摩西教派的同事们聚作一团，在嚷叫"之后的一行："'哗啦哗啦，哗啦哗啦，哗啦哗啦……'"；二，是"摩西教派的可敬的同事又聚作一团"下面一句"在嚷叫"，乃是"开始那照例的——'哗啦哗拉，哗啦哗啦'了……"但不知道原文原有两种的呢，还是德文译者所删改？我想，日文译本是决不至于无端增加一点的。

平心而论，这八篇大半不能说是契诃夫的较好的作品，恐怕并非玛修丁为小说而作木刻，倒是翻译者 Alexander Eliasberg 为木刻而译小说的罢。但那木刻，却又并不十分依从小说的叙述，例如"难解的性格"中的女人，照小说，是扇上该有须头，鼻梁上应该架着眼镜，手上也该有手镯的，而插画里都没有。大致一看，动手就做，不必和本书一一相符，这是西洋的插画家很普通的脾气。谁说"神似"比"形似"更高一着，但我总以为并非插画的正轨，中国的画家是用不着学他的——倘能"形神俱似"，不是比单的的"形似"又更高一着么？

但"这八篇"的"八"字没有改，而三次的登载，小说却只有七篇，不过大家是不会觉察的，除了编辑者和翻译者。谁知道今年的刊物上，新添的一行"中宣会图书杂志审委会审查证……字第……号"，就是"防民之口"的标记呢，但我们似的译作者的译作，却就在这机关里被删除，被禁止，被没收了，而且不许声明，像衔了麻核桃的赴法场一样。这"波斯勋章"，也就是所谓"中宣……审委会"暗杀账上的一笔。

"波斯勋章"不过描写帝俄时代的官僚的无聊的一幕，在那时的作者的本国尚且可以发表，为什么在现在的中国倒被禁止了？——我们无从推测。只好也算作一则"奇闻"。但自从有了书报检查以来，直至六月间的因为"新生事件"而烟消火灭为止，它在出版界上，却真有"所过残破"之感，较有斤两的译作，能保存它的完肤的是很少的。

自然，在地土，经济，村落，堤防，无不残破的现在，文艺当然也不能独保其完整。何况是出于我的译作，上有御用诗官的施威，下有帮闲文人的助虐，那遭殃更当然在意料之中了。然而一面有残毁者，一面也有保全，补救，推进者，世界这才不至于荒废。我是愿意属于后一类，也分明属于后一类的。现在仍取八篇，编为一本，使这小集复归于完全，事虽琐细，却不但在今年的文坛上为他们留一种亚细亚式的"奇闻"，也作了我们的一个小小的纪念。

一九三五年九月十五之夜，记。

小彼得

煤的故事

　　小小的彼得去溜冰，把腿跌折了。就只好从早到夜，静静地躺在床上，非常之无聊。因为母亲是整天地在外面工作，同队玩耍的朋友呢，又都在外面的雪地里，耍得出神，全不想到来看生病的人了。但是，白天的时候，亮亮的，太阳光从窗户间射了进来，将愉快的影子映在壁上，小孩子还可以独自有些喜欢。一到夜，狭小的房渐渐昏暗起来，小彼得便也跟着觉得胆怯，只等着在楼梯上面，听见母亲的足音。况且母亲不回来，小小的火炉里不生火，也是冷得挡不住的。

　　那一天，从早上起，就下雪。彼得从眠床上，望着长的棉花似的白白的线，落了下来。到底是周围都乌黑了。他受了冻，不知怎地心里有些害怕，凄凉，只静静地躺着。

　　于是，忽然，好像听到在那里的地板上，有什么在窃窃私语。他吃了一吓，侧着耳朵听。听到装着很少的一点煤的煤箱里，有两个温和的低微的声音。小孩子很吃惊了。

吃惊到几乎透不过气来了。然而，在寂静的屋子里，轻轻的私语声却渐渐地大了起来。那是煤块们在谈话。

"这里是多么暗呵，"在最上面的煤说，"不是什么也看不见么？"

"我先前住过的地方，还要暗得多哩。"别的一块煤道。

"你原先是住在那里的？"

"住在土里的呀，兄弟。我是埋在土里睡着的。那是又温暖又舒服的地方，周围是数也数不清的弟兄们，塞得满满的睡着的。可是有一天，眠床荡荡地摇了起来，发一声大响，我就醒来了。泥土开裂，我骨碌骨碌地滚了出去。这之后，就掉在一条狭窄的矿洞里。又狭，又低，倘是人，是简直站不直的道路。在这里，有一个人。脊梁弯得像弓一样，正在捗破墙壁。他咯咯的咳嗽，汗从额上直流下来。但是，一刻也不息地，许多工夫，总在捗那墙壁。唉，可怜，他乏得不成样子了！两只手发着抖，好几回好几回，哼出很响的呻吟声，仿佛很痛似的摸着背脊。然而，立刻又去敲起墙壁来。小小的矿洞里，实在热得很。我是知道人类要活下去，必须有空气的，所以现在还在诧异，真不明白在那地底的完全没有空气的弥漫着恶臭的处所，那汉子究竟是怎么能够活着的？那时候，我是以为在那里吃苦，显着悲哀的，可怕的脸的人，是坏东西，作为刑罚，被关在这狭窄的洞路里面的呀。此后不久，我便被载在小小的车子上，运到明亮的世界上来了。但是，到了现在，也还不能不时时记起那连站也站不直，苦于疼痛的脊梁的可怜的汉子来。"

"兄弟，你什么也不知道，"从煤箱滚出，停在火炉下面的洋铁板上的小小的煤说。"比起苦于疼痛的脊梁的那汉子，还要厉害的事，我可是见得多哩。我是在很长很长的矿洞里面的，也是你现在讲过了那样的狭窄的矿洞。在那里，有十来个人们在做工。他们的前面，挂着一盏小小的灯。'不是发着不好的气味么？'一个老人说，'还是停了工，回去的好罢。''说要停了工，打破饭碗么？'另一个男人大声说。于是大家就仍旧继续着工作。因为如果有了打破饭碗那样的事，妻子和孩子们便没有东西吃，只好去饿死呀。因为如果不是主人怎么说，便怎么做，就要被斥退的呀。小小的灯逐渐暗下去，矿洞里几乎漆黑了。这时来了一个人，老矿夫便对他说，'老爷，好像要出什么事似的。可以放我们上去么？'那人就非常恶意地，简直像学校里的先生斥责学生一样，呵斥了老人，便这样走了出去。矿夫们一面咯咯地作咳，一面又继续着做工。我真不懂，他们究竟为什么对于不过一个人，就那么唯唯听命的呢？那汉子，看起来，既不见得和别的矿夫们有什么异样之处，比起矿夫来，岂不是并不见得更加高大，也不是更有力气么？

"唔，忽然，我竟骨碌骨碌地滚起来了。抬起脸来向四面看了一遍，也并没有踏着我的。刚在这样想，这回是忽地飞上了空中。同时发生了可怕的声音，像雷一样。小小的灯熄掉了，大的土块噼噼啪啪从空中落了下来。在黑暗里，许久许久，我听到人类的叫喊和呻吟声。一个矿夫倒在我上面。觉得他的身体在发抖，从那头上淌下什么湿漉漉的东西来。似乎很久的工夫，一切东西就那样地躺在黑暗里。开初的时候，人们是在叫唤，求救的，但那声音也渐渐低下去，消掉了。也有人呻吟着说要喝水，有好几回，可是那里会有一滴水呢。过了很久的时光之后，他们被救出去了。是别的矿夫们来搬走的。然而他们已经都死掉。不消说，连那老头子。上面是妻和孩子们在啼哭。那地方，站着一个胖胖的，衣装阔绰的绅士，当那老人搬到这绅士的旁边时，老人的死尸好像向他捏了拳头，微微地这么说：'这矿洞的危险，你是早就知道的。但在你，钱却比我们的性命更喜欢呀。'然而胖绅士于什么老头子的事，是全没有放在心里的。我就粘在那老矿夫的粗衣服上，被搬到日光里面来，所以能够完全看见了这样的光景。"

"但是，你，"别的一块煤大声说，"但是，你未必知道那天傍晚，死了的矿夫们的死尸躺在小屋里，妻和孩子们

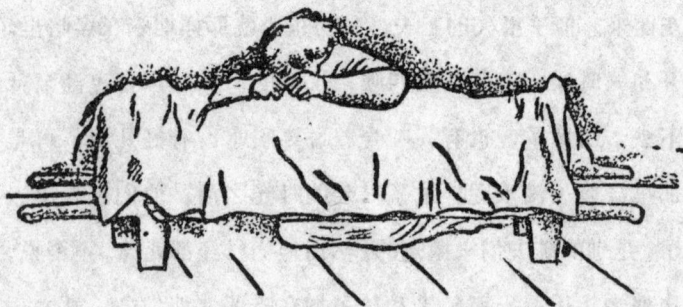

在旁边啼哭的时候，那有钱的汉子的府上，却开了大跳舞
会的事罢。在那边，许许多穿着灿烂的衣裳的妇女们在跳舞，
可是想到丧了父亲的孩子们的，却一个也没有。而且那有
钱的汉子，还高兴地笑着哩。然而将矿夫们送进矿洞里去，
弄死了他们的，不就是这汉子么？我不懂。究竟，为什么
这些的人们，大家恶意地，大家互相凌虐的呢？"

"缘由是这样的。我知道。"特别的黑，闪闪发光的另
一块煤说。

"我在地上住得很长久了，所以看见了各色各种的事。
况且大家都说我在兄姊们中，总是最为聪明的，所以什么
事也都懂。在这世界上，是有两种的人种的。就是，富人
和穷人。这世上一切所有的东西，都是富人的东西，穷人
是全然什么也没有。这是早先的话了，看这睡在床上的孩
子罢。他在生病，但整天只好一个人躺着。既没有玩具，
也没有柔软的床，又没有可口的食物。母亲非整天到工厂
里去做工不可，没有看护孩子的工夫。他在这样地吃苦。
你们也许以为这是因为他是坏孩子的缘故罢。但是，决不
然的。他是居心正当的喜欢用功的少年。然而，他只是穷。
一样的例子，另外也还有。我曾经坐了船，在大的海上旅
行过。有钱的人们，住在漂亮的通气的好的船室里，在舱
面上慢腾腾散步，吃喝着可口的东西。但在下面的船肚子里，

却有着使船动弹的机器。那地方简直热得像地狱一样，油和煤烟的气味满满的。整天整夜，火夫们就在那机器旁边，将煤抛进那烧着的火口里面去。他们是赤膊的，然而还是热得喘不过气来。热到头里发昏，糊里糊涂跑上舱面来的也不少。完全不知道在那里，不知道怎样走，只是要吸新鲜的空气，终于一蹶绊，落在海里淹死的也有。为了可怕的热，生了病的也很多。然而，虽然如此，他们总还是住在船肚子里，继续着将煤抛进去。"

"但是，有钱人有时可跑下来，帮帮火夫的忙的呢？"小小的煤用了可爱的声音说。

闪闪发亮的乌黑的煤笑起来了。"你是多么一个蠢东西呵！有钱人正为了自己可以什么也不做，而且能够过着美丽的生活，这才使穷人老在工作的呀。穷人所做的事，就都是只给有钱人加添利益的呀。"

"那么，比起有钱人来，穷人就那样地不中用么？穷人不能够用了自己们的力量，干起来的么？"

小小的煤闪着好奇底的眼睛，讯问了。

"阿阿，绝没有那样的事。"聪明的闪闪发光的煤回答说。"在数目上，穷人比有钱人也多得差远。倘若穷人们一同协力起来，就能够将现在盛着有钱人的东西的一切，都拿在自己的手里的。"

"那么，为什么不这么办呢？"

"那是，你得去问人类的。"聪明的煤回答说。"我可是真不懂。"

那时候，听到了走上楼梯来的足音，煤们便统统不响了。

火柴盒子的故事

第二天的日子，在小彼得实在似乎过得长，总是等不到傍晚。不知道煤块可还要谈天，讲些什么有趣的事情不？

在一夜里，他尽做了些深的漆黑的矿洞和漂在大海上的大汽船的梦。于是只在等候，今晚上又可以听到什么新的故事了罢。

然而，夜虽然偷偷地进了屋子里，用那黑色的氅衣将四近遮得漆黑了，但这是怎么的呢，火炉的屋角里却静悄悄，什么话声也听不到。

孩子的眼里浮出眼泪来了。一到黄昏便可以听故事，整一天高兴地等候着的，可是那可恶的煤块们，却不是一声也不响？他立刻凄凉起来。母亲每天去做工，自己生着病，总得这样地只有一个人在躺着。已经熬不住了，眼泪滴滴的落了下来。于是那孩子就放声呜呜咽咽地哭起来了。

他一哭，忽然听到了和气的声音——

"喂，为什么哭的？"

　　小彼得连忙向火炉的角落里去看。声音是并不从那边来的，倒听得就在眠床的旁边。骤然一看，只见床边的一张小桌上，一个火柴盒子，将狭的一头做着脚，挺直地站着。而且大约算是招呼罢，弯了一弯腰。

　　"喂，为什么哭的？"火柴盒子这样问。

　　"只有一个人躺着，伤心起来了。"彼得呜咽着答道。

　　"哪里哪里，不止你一个人呵。"火柴盒子说着，便跳到床里来了。

　　"屋子里面有许多东西。那就都是你的朋友呀。真的张开眼睛和耳朵来看一下罢。"

　　小彼得完全得到安慰，又高兴起来了。于是轻轻地伸出手去，去摸这恳切的火柴盒子。

　　"你究竟是谁呢？"他问。

　　"我是树木呵。"

　　孩子吃了惊，看着火柴盒。他是从幼小时候以来，生长在大都会里的，树木之类，几乎没有看见过。但说这小小的火柴盒子，就是什么大树，却无论如何，不会信以为真的。他笑了起来，有些以为胡说。火柴盒子好像看透了他的心似的，屹然站起，用了生气似的调子说，"你不信我先前曾是大树哩。好，讲真事情给你听罢。疑心别个的话，实在不是好事情。但是，称为人类的这东西，是什么时候都在欺骗的，所以即使别个讲真话，也不能相信了。"

小彼得觉得实在不对了，在心里认错，火柴盒子也平了气，和气地点头。于是终于开始了谈话。

"你可曾见过大的森林没有？"

小彼得摇摇头。

"原来，没有见过。不错，你是总住在这罩满可怕的煤烟的都会里的。"

小彼得点头。

"好。那么，你就试来设想，恰如这街上的房屋和房屋的相连一样，树木和树木相接的大的森林罢。那些树木们，其实是一株一株，各是一家，其中住着禽鸟的家族。但这些禽鸟们，却并不像你们穷人一样，只在狭窄的屋子里住得挤来挤去的，以广大的处所为住家，无论哪里，都可以自由地搬去。它们也决不付房租。为什么呢，因为小鸟们是都知道为生存而有住所，是当然的权利的。还有，在鸟的世界，也和你们人类的世界不同，有着许多房屋的大屋子里，只住着一只鸟儿呀，五六只鸟儿，挤在肮脏的小小的一间屋子里呀那样的事，是绝没有的。你们人类的住宅的分配，实在不高明呵。"

火柴盒子仿佛完全忘却了小彼得就在旁边，就独自滔滔地说下去了。"我又知道着，有些人是在街上造了休面的

府第，在乡下又有着别墅，然而有些人却连住房也没有，只好在桥下和公园的长椅子上过夜。这样的事，在森林里是绝没有的。倘有一个子而有着两个住宅的，没有这的便跑出来，将这东西打出。但是，在人类的世界里，却不过枉然的叹息呀，伤心呀，什么办法也不做。我没有见过人类那样的愚蠢的动物。"

火柴盒子的话长，小孩子有些听厌了，轻轻地嘱托道——

"阿，可以给我讲讲森林的事么？"

"唔唔，可以。但是你没有见过一回森林，不知道从那里说起才好呵。总之，竭力来讲得你容易明白罢。我，是大的森林里的最高的树木。这森林，是一个财主的东西，他除了这森林之外，还有田地，牛，马，猪，羊等类。我在没有见过这财主的时候，以为他一定是故事里所讲那样的神明。为什么呢，因为许多人们，都替他耕田，养家畜，从早到晚，勤勤恳恳地劳动，只有他却逍遥自在，过着豪华的生活。但是有一天，他跑到我们的森林里来了，细细一看，吓，这是怎么的，他也不过是一个普通的人呵。不过是一个胖得出奇，红脸皮的人呵。

"时时也有老女人们走到森林里，来拾枯枝和落叶，但她们总是好像怯怯的，有什么忧愁似的。这是因为财主不许穷人去拾森林里的树木的缘故。我想，这样不通的事，是再也没有的了。在财主，用不着枯枝，这样地放着，岂不是不过烂掉么？

"有一回，曾经有一个乡下人，打了兔，给管林人抓住了。乡下人连连赔罪，说但愿这一回饶恕了他。妻在生病，要一点补养的东西，但是穷，没有去买的钱。然而并不听他的诉说，财主将他抛进监牢里去了。这时候，我也非常觉得诧异。森林里面，兔子是多到数不清。财主无论怎么办，独自一个人不是总是吃不完的么？

"到秋天，樵夫来了。他们竭力做工，但是砍倒的树木，一株也不为他们所有，都是财主的东西。一切都是他的。森林，树木，田地，家畜，而且连人们，也非都给他做事不可。森林的伙伴，同情于这可怜的人们，憎恶那财主。我的旁边，有一株年轻的枞树，他非常愤慨，心中起誓，要给那有钱的小子，明白他自己也不过是一个脆弱的渺小的人。打了兔，被关在监牢里了的乡下人的事，有一天，两个老女人来拾枯枝，给捉住了，被财主打，推，吃了大苦的事，这枞树就都在眼前目睹的。有一夜的事，起了大的暴风雨，年轻的枞树几乎平根折断了。然而根上遮着莓苔，从外面看起来，似乎毫没有什么异样。他知道自己的性命已经不久，便决计要在未死之前，给那有石头一般的心的财主一个惩罚。'在我们树木的世界里，一株树来支配别的一切树木的事，是决不允许的。'他说。'在我们树木的伙伴里，也如在人类社会一样，有大树，也有小树，有强树，也有弱树，然而在我们的伙伴里，肥沃的土地，澄清的空气，温暖的日光，雨，露，都是共有的。究竟为什么在称为万物之灵的人类之间，倒不能行这明明白白的事的呢？'那时候，他相信一切罪孽是在这财主。我呢，自然也这样想的。到后来，我被运到工厂里的时候，在那里听了工人们在谈天，才知道一切罪孽，是在那为了使少数者得幸福，而使大多数者陷于不幸的制度。但是，虽然说了这样的事，你也还未必能懂罢。

"话要说回去了，枞树想在死掉之前，给可怜的人们效一点力。于是有一天，财主走进森林来，正到他的前面的时候，他竭尽所有的力，呻吟于自杀其身的苦痛，裂眦一倒，轰的正压在财主上面了。他发一声可怕的叫喊，倒在地面上。管林人飞跑而出，扶了他起来。但是，那时候，枞树已经打坏了他右手。'这是罚呀！'枞树的叶子们一齐叫起来。'用了那手，你打了哭着求饶的两个老婆婆，也用了那手，你写了只打一只兔，便将那可怜的男人送进监牢里去的书信的。'

"这样，枞树是死掉了。

"唉唉，多么好的勇敢的树呵，我到现在，还是不能忘却那年轻的枞树的事。"

火柴盒子说到这里，暂时闭了口。而且很是愤怒似的叫出来了，"是的，制度呵！好，这回就来给你说明这制度罢。"——但是，留心一看，小孩子已经完全睡着了。他真气恼，从床上跳下，走进那下面去。

"人类，是多么愚蠢呵。"他絮叨着，滑到角落里的最暗的处所去了。大约是为了独自去想那快乐的森林的世界的事罢。

水瓶的故事

小彼得听了火柴盒子的话之后，过了两三天的一个傍晚，他那里一个穿着乌黑的衣裳的女人来访了。她显着可怕的脸，走进小屋子里，坐在他的眠床的旁边。

孩子是很知道她的。她是常常跑到贫民窟，并不打打招呼，就一直闯进大家的屋子里，分起写着宗教的事情的本子，讲起上帝的事情来的女人。

孩子们都怕她。从她脸上看见过温和的微笑的，从她薄薄的嘴唇里听到过漏出来的亲热的言语的，一个也没有。而且，她所常说的上帝，一定也和她相像。为什么呢，因为她所说的上帝，是总在愤怒，命令道，穷人应该劳动，应该常是满足，感谢那辛苦的生活的。

今天，她也装着吓人的眼，凝视着小彼得。彼得很想逃走，躲起来。但是，真可怜，他连动也不能动。

"我的腿痛得很，"他悲哀地诉说。并且心里想，这样一说，这可怕的女人也许会和气一点罢。

但她用粗暴的声音说了，'那是上帝赏给你的试探呀。好好的忍耐着啊。"于是她问道，"你每天早晚，可做祷告呢？"

"不。"小彼得正直地回答。

可怕的女人显出高兴的脸相来了。

"看哪。所以你跌倒，折了腿的。"

"不对呀，"小彼得喃喃地说，"我是，去溜冰，栽倒了的呵。"

"不要回嘴！"可怕的女人恼怒起来，大声说，"正因为上帝要责罚你，你才跌倒的。还不只这样哩。你不知道不做祷告的坏孩子，要到什么地方去么？"

"我，不知道。"

"到地狱里去呀！"可怕的女人高兴地说，"他们应该在那里永远受苦。用火来烧，恶鬼们用了烧得通红的钳子来夹，应该苦得发出大声，吱吱地叫。你的腿，很痛罢。但是比起你该在地狱里去受的苦痛来，就毫不算什么了。还有你的母亲，因为不教你祷告，也应该一同到地狱去。"

可怕的女人去摸她那总是提着走路的大口袋，拿出一本小小的书来。一看，那书面上，就画着一个男人站在大海里，擎起两手在哭喊，左右两面，跑来着拿了大钳子的可怕的脸的小鬼们的画。

"看看这本书，"可怕的女人说，"那么，就会知道不信

上帝，下世是要吃怎样大苦的罢。我得去了。为了将神圣的宗教的安慰，去给另外的人们呀。"

她走出屋子去了。这一来，虽然夜晚已经到来，但因为这可怕的女人不在了，在小彼得却觉得愈加明亮。

然而他又总觉得有些害怕。如果应该落地狱去，无年无月，总是被火烧，受苦楚，那是多么可怕的事呵。而且还说连那和气的，好的母亲，也非下地狱不可。为什么呢？母亲是无论什么时候，总是那样地怀着好心，每天每天，勤勤恳恳地在工作的。

小彼得正在想着这些事，忽然，屋子里面，响满了幽微的，嘎嘎地轧轹似的嗤笑的声音。声音是听来就从床边发出来的，小孩子抬起眼睛来一看，看见床边的桌子上，水瓶和杯子，正在大笑得快要栽倒了。水瓶的胖胖的肚子，一晃一晃地动摇着，其中的水涌起着小小的波。

"唉唉，挡不住，"杯子呻吟似的说，"我的身上是有条开疤的，笑起来，这就针刺般作痛。呜，呜，身子快要炸得粉碎了。"

"为什么那么笑着的呢？"小彼得问。

杯子只在哼哼地呻吟，但那胖胖的水瓶，却一面笑得全身摇摇不定，一面叫起来道，"多么糊涂的女人呵！"

小孩子心里高兴了。水瓶说那个可怕的女人糊涂，也

许这倒是真的。倘使真，那么，自己，还有母亲，也许不
必往地狱里去就可以了。

"为什么那个狠女人是糊涂呢？"他问。

水瓶的颈子边的水，发出轻微的声音来。她停住了笑，
反问道，"你没有听她所讲的地狱的话么？"

"听的，"小彼得说，"所以，我很在发愁。"

"那是因为你和那女人一样糊涂的缘故啊。"水瓶鲁莽
地喃喃地说，"我知道这地狱，但创造那个的，不是上帝，
却是人们啊。而且孩子和大人的往那边去，也并非因为忘
记了祷告，只为了穷呀。静静地躺着罢，我来讲地狱的故
事给你听。"

"请呀，"小孩子低声请托着。

"你可曾遇到过很热很热，热得挡不住了的事情没有
呢？"水瓶问。

"有的。一到夏天，这街的大路上，就热得喘不过气来的。"

"好，你试想象一下，比这热还有一百倍的热来看。空
气简直像大的火焰模样，将人们的脸和手，炙得刺痛的热
呀。——屋子里面，有一座很大很大的炉。在那中间，火
焰炎炎地烧出五彩。这就将猛烈的热气，喷在屋子中。一
个男人站在炉前面。他是赤膊的。凶猛的热，扑过来挤紧
他的脑袋，从发红的刺痛的眼里，流出眼泪来。他拿着大

的铁管，将这伸在烈火里。也有将铁的车子，上面堆着通红的黏黏的东西，推着在走的。铁管的头上，缀着通红的火的水瓶，孩子们用剪刀将这剪下来。倘有不小心的，他们就被烧得从皮一直焦到骨。有些孩子，是拿着烧得通红的水瓶，忧愁地发着抖，不歇地在奔走。他们的脸上流着汗，身子是紧张地颤抖着。他们是整天捏在燃烧的死神的手中，不歇地在奔走的。

"有些工人，是将气吹进铁管里面去。他们的脸涨成紫色，眼珠似乎就要脱出来。这闷热的屋子里，有着永久不息的焦躁和繁忙。男人，女人，孩子，都在无休无息地奔走。如火的热，逼干了他们的喉咙，连咽咽的唾沫也没有了。而恰如几千枝锋利的针一样，刺着他们的身子，他们的心，他们的唏唏地喘息的肺。地狱的炉，惶惶然整天地烧着。人们逐渐疲乏起来，连走也走不动了。此刻不会跌倒么，拿在手里的可恶的火，不会掉在身上么，他们这样地担着心，踉踉跄跄地在走。而且眼睛也晕眩起来。孩子们的脸，见得简直像老人模样，好似可哀的小小的侏儒。

"每天每天，火在燃烧，热在沸腾，疲乏透了，被热气蒸得半已发疯的人们，在哼哼地呻吟，咳嗽。彼得呀，这是真的地狱啊。那里面，是全世界几千万被诅咒的人们，正在受苦的呵。"

"慈仁的上帝，不是单将恶人送到那地狱里去的么？"小彼得问。水瓶又笑起来了。但这回的笑声，却带着很愤怒似的调子。

"说是上帝！那样的东西，什么关系也没有。这地狱里，是人类将人类赶进去的。这如火的炎热里受苦的人们，倒高兴能够进这地狱去。因为不这样，他们和那孩子们就只好饿死了。"

"但是，究竟是谁送穷人们进地狱去的呢？"

"财主们呀！当穷人们在炎热中枯萎下去的时候，他们却在好看的庭园里挺了胸脯吸着凉爽的空气。那蠢女人说，有恶鬼用了烧得通红的钳子，给可怜的鬼魂吃苦，那是真的。不过那恶鬼并非黑色，没有角，也没有尾巴。是穿着漂亮的衣，丝绸的服的。他们拿着的钳子，是叫做'贫穷'的钳子。"

"我可不懂呀，"小彼得说，"在这世上，究竟怎么会有那样可恶的人们的呢？"

"火柴盒子不是要将这讲给你听的么？"水瓶用了责备似的口气说，"火柴盒子要给你讲资本主义制度的话，而你不是呼呼地睡着了么？"

"不要生气罢，"孩子认错似的说，"但是，我不懂那些繁难的说话的意思呵。"

"那意思，是这样的。就是说，有钱的人，成为没有钱的人的主人。我并不想要说，凡是有钱的人，全都是恶鬼。但是，总之，他们是有着恶鬼一般的行为的。他们从孩子时候起，要什么，就有什么。饥呀寒呀等类，先就不知道是怎么一回事。只要说出'要这样，要那样'来，立刻便到手。那不消说，这样的情形，于他们是愉快的。便是你，这样的过活，也觉得合意的罢。"

小孩子点点头。

"他们成了大人，就知道给他们过这样的快活的生活的，是钱。所以他们竭力要许多钱。就为此，别的人们便非给他们劳动不可了。这别的人们，只因为没有有钱的父母，所以只要有什么能够赚钱的事，就高兴。他们为了不挨饿，是无论怎样的事，都只好去做的。懂得了没有呢？"

"唔唔，懂得。"他略略迟疑着，回答说，"但是，就永远要是这样么？"

"不，并不然的。"水瓶答道，"在世间，有好的聪明的人们，在和这制度战斗，在主张一切人们，都应该做工，取得能过舒服的生活的工钱。这好的聪明的人们，就叫做社会主义者。好好地记着这句话罢。"

"决不忘记的。"孩子约定说，"请再讲点什么罢。此刻讲给我了的地狱的事，你究竟是怎么知道了的呢？"

"因为我自己就在那地方制造出来的呀，小呆子。但是，讲的话，已经全都讲过了。倘若讲得太多，我的身子里的水在动，会引起肚痛来的。还是躺一会儿罢。时候已经不早。母亲大约也就要回来了罢。"

毯子的故事

　　星期六的傍晚，大大的高兴事，送到小彼得这里来了。很久很久，他是在磨破而露出了线底子的毯子下面，抖抖地冻着的。虽然毯子，也只是满是补丁的满是窟窿的东西，寒气透过了那薄薄的损处，刺进锋利的针，一直沁进肉里面。几月以前起，他就和母亲两个人商量，想要一条新毯子，便从每星期的工钱中，取出一点来，积蓄在旧的纸匣里，那匣子一满，孩子便可以买新毯子了。

　　星期六的早晨，彼得还在擦他睡眼的时候，母亲就很有深意地微笑着说了，"今天晚上，可要有非常之好的事哩。"这样说着的母亲的温和的脸，实在显得舒畅地高兴。

　　一整天，小孩子只想念着母亲的这话，觉得总是等不到黄昏。待到母亲终于挟了一个大大的包，回家来了的时候，就喜欢得了不得，再也不能安静，至于有病的腿，也因此有些痛起来了。

　　于是母亲到底打开包裹来，将新的非常出色的毯子、摊在眠床上。这时候，他有多么喜欢呢，用嘴是几乎说不出来的。那毯子，可实在是很体面的东西！明亮的绿的底子上，满开着通红的蔷薇和滴蓝的勿忘草，简直像是见了广大的夏天的花园一般的花纹。而且，多么上等，厚实的质地啊！无论怎样的寒气，也一定再不能通过这毯子，刺进冰冷的针来了。孩子用手摸着出色的毯子，在爱抚她。一见那高兴的脸，连母亲也高兴起来，至于完全忘记了那价钱的贵了。

星期日这天，母亲是在家的，小彼得非常得意。一星期中，他就专等着无须独自凄凉地挨过去的这一天。所以一到星期一的早晨，就愈加觉得很难过。从此以后，又须苦于疼痛，不能动弹地，来过长久的无聊的时光了罢。幸而各样的物件，现在是同情于他，给听着有趣的故事了。所以时光倒如较易于消遣。只是，他们之中，谁肯先来开口呢，却还是一件担心的事。究竟，今天是谁出来给讲故事呢？

小彼得四顾空虚的屋子，有些忧愁起来了。会来谈天似的东西，已经一件也没有了。对面的小小的火炉上，像是搁着铁壶。但他是装着颦蹙脸孔，装着未必和气的脸孔的，所以总不像肯来开口。忽然，他将眼光落在新的毯子上。唉唉，如果这讲出故事来，可是高兴啊！因为是带着那么漂亮的花纹的美丽的毯子,一定知道些出色的故事的。小彼得温和地摸着毯子,专在等黄昏的到来。

于是黑暗的夜,静静地偷进了屋子里。然而谁也还是不开口。

孩子愕然了,将屋子里面的东西,一件一件看过去。水瓶和杯子,看去像是要讲什么了似的。为什么呢,因为看见大的水瓶的大肚子,一荡一荡地在摇动。然而两个的声音非常低,听不清是在讲什么。

煤们也都默默然。

小孩子心里想,那一件东西都可以,快点开始讲话就好了,便轻轻地呼吸,静躺着。

突然,就在他旁边,似乎有谁叹了一口长气。他向床上看,只见那新的毯子将身子一高一低,正在动。那叹息太深,太惨,孩子觉得可怜了。

"为什么你在那样地伤心的?"他说着,一面给正在伤心的毯子抚摩,"你这样漂亮,带着这样出色的花,有这样好的颜色,却还要那么伤心么?"

毯子简直像忽然要呕吐了似的,索索地抖着身了,呻吟一般地说了。"唉唉,唉唉,请你不要提起我的颜色好看这事来了罢。这颜色的好看,就正是使我这样地伤心的根源。我的心是软弱的,我总是忘不掉我将这么多的灾难,给了了人们。唉唉，唉，唉唉！"

小孩子于是很想听听那原因。将毯子的心，伤得那么深的，究竟是甚么呢？他将这问了毯子了。

"唉唉，唉唉。"毯子叹息说，"我真是坏东西啊。使人们生病了。岂但如此呢，竟至于害死了。虽然如此，我却什么办法也没有。"

于是她又深深地，伤心地，叹了一口气。

但是，胖胖的水瓶，却来插嘴了。

"不要那么叹气了罢。"她恳切地说，"将成为你的心的重担的东西，讲给我们罢。那么，你的心也许会轻松起来的。看起来，你是这样驯良，温和的，所以在我，总不能相信你是做了那样的恶事。"

毯子将脸转向胖的水瓶那面，显出更加悲哀的脸相，说了——

"你好像是很聪明的，但是简直什么也没有知道。请你仔仔细细，再看一遍装饰着我的身体的红和蓝的花，以及绿的底子罢。"

胖的水瓶踉踉跄跄前进了两三步，便伸开了长颈子，一面说。

"阿，阿，真漂亮。但是，这非常好看的花，不知道和你的悲哀究竟有什么关系？请你讲讲罢。"

毯子发了一声大大的叹息。屋子里要起微风那样的叹息定了之后，便回答她说——

"这红和蓝的花，这绿的底子，是害人的。损了人类的健康，和人类的性命的。很大的屋子里，许多男人和女人在做工。这地方，就在制造将我染出漂亮颜色来的染料。我不想讲那详细的方法，即使要我讲，也讲不出来的。无论谁，会仔细讲出他出世时候的事的，是没有的呀。为什么呢，因为在耳朵和眼睛简直远不能闻见的时候，就遇见这世上的光的。我所知道的，不过是从我们的眠床上，涌起了蒸汽来的事。厉害的，臭的，瓦斯似的蒸汽。"

"亚尼林的蒸汽呵。"这几天阴沉一声不响的煤中的一块，这样说。毯子点点头。看见有知道关于本身的一些事情的在这里，高兴了。

"是的。那染料的名，是叫亚尼林染料的。"她答说，"真是，我们出生到这世界上，最先看见的，你想是什么呀。那是苍白的人类的脸呵。简直不像看得见东西的眼泪和坏了的通红的眼睛呵。两手按着刺痛的头的姑娘们呵。在做着工作的人们之中，时时有人变了铁青的脸色，嘴唇失了色，摇摇摆摆的跄踉，死了似的倒在地面上。唉唉，我最初看见了这些的时候，是怎样地吃惊了呵。我问左近的伙伴，这些可怜的人们，究竟是什么地方不舒服呢？据伙伴讲起来，却是从染料发出来的不好的蒸汽的毒，损了工人，使他们生病，而且……"

"为什么不将新鲜空气放进屋子里去的呢？"在毯子的谈话之间，火柴盒子从中插嘴说。"新鲜空气者，是宇宙万物的最好的朋友。他医好病，减轻病痛。人类想该是知道的，但究竟为什么不做一种布置，将新鲜空气放进那屋子里去，赶掉有毒的蒸汽的呢？"

"那时我也这样地探问的，"毯子回答说。"屋子的墙壁的一堵，来回答我了。据墙壁说，盖造工场的时候，那厂主就一心只要造得便宜。为要便宜，那就不消说，还是屋子上减少窗户，不做通风设备这些东西的好。所以这屋子里，也没有这个。因为厂主是不会在这气闷的工厂里，停一点钟，来吸有毒的蒸汽的。所以这会伤害工人不会，在他是全不在意的。就这么说。"

"盖造了那工厂的是谁呀？"火柴盒子问。

"是工人呵。"毯子答道。"问了这干什么呢？"

"那么，那工人们想该知道，如果造出窗户不多，通风装置不好的屋子来，他们的一伙的工人就要生病，要死掉的罢？"

"唔唔，大概知道的罢。"

"明明知道着，却会肯造那样的屋子的哪。人类这东西，是多么愚蠢的奇特的东西呵！"煤发出高大的声音来了。

"唉唉，你没有明白……"毯子讷讷地一支吾，胖的水瓶便用火一般愤怒了的声音叫了起来——

"都是制度，是制度不好呵！"

"我不懂这话，"毯子说，"因为没有你似的做过学问工夫。只是，每一想到那苍白的脸和生病的眼睛，我的心就疼痛，觉得简直我便是罪人一样。因为我实在曾经害苦了许多人们了。"

"那并非你的错处！"火柴盒子安慰似的大声说。于是这时候，杯子这才开口，用了轧轹似的声音说了出来——

"否则，我们就都成了罪人。那就成为一个人使别人不幸，给别人苦痛的所用一切物件，乃是罪人的意思了。"

到这里，大家就闹嚷嚷的议论起来。但其中发出最大的声音的，却是最小的煤。他用笛子一般尖利的声音说——

"我知道着一条出路，知道着一个好法子。就是捉住厂主，教他在关着工人的屋子里，去做几个月工。那么一办，就知道非开窗户不可了罢。"

大家哄然大笑了。然而，只有火柴盒子，显着正经的脸相说——

"只要人类更能干一点，这也做得到的呵。"

"究竟要什么时候，才会这样呢？"毯子怯怯地问。她是有着温和的，美丽的心的，只因为不很有智慧，所以听了大家的繁难的话，有些疑惑了。

"说是什么时候么？"煤装着阴郁的脸相，喃喃地说，"那是谁也不知道。经几百年之久，人类总甘于压迫和屈从，并不敢反抗。即使敢，也许还做不到的。因为主人和支配者的力，非常之强呵。"

"我来讲一个故事罢，"火柴盒子说，"我想，这是有益于各样人们的故事。那还是我在做大森林中的树的时候的事了。我的枝上，住着小鸟的夫妇。是可爱的，活泼的，而且勤勉，亲切的夫妇。夏天时候，小小的小鸟的夫人生了美丽的蛋了。她伏着那些蛋，专等孩子们的出生。孩子们到底出来了。小小的赤条条的孩子们，张着大嘴，吱吱地要东西吃。父亲和母亲，为了给孩子拿好吃的东西来，整天跑来跑去。

"但是，在不很远的邻近，住着一匹鹰，硬说自己是王，小鸟们都是自己的臣仆。有一天，这鹰就飞了来，发现了我的枝上的窠中，只有小鸟的孩子们独自在家里。鹰用了可怕的爪，将一个孩子抓出窠去带走了。小鸟夫妇的伤心，可真是了不得。小鸟的夫人哭着哭着，哭得伤心，连窠也出不去了。她也说了恰如现在煤块所说的一样的话，'唉唉，究竟怎么办才好呢？什么法子也没有。老鹰力气大，况且

228

又有可怕的嘴和锋利的爪，但我们，又小，又弱呵。'

"然而，小鸟的丈夫，却有很好的想头的。他从这窠飞到那窠，向一切小鸟的家族，诉说他的灾难，说，只要那鹰在管事，大家也会遇见和这一样的事的。他好几天，在森林中的窠里飞来飞去，终于能够集成小鸟们的一大队伍了。待到老鹰再来犯窠的时候，无数的小鸟们一齐向他突击。鹰也想抵抗，然而小鸟们接连不断地飞上去，用尖嘴去乱啄，看准了眼睛啄。那老鹰终于死掉，落在地上了。

"从那时候起，我们的森林就没有了所谓王的东西，别的鹰们听到了这话，也不再到这危险的处所来了。一匹的小鸟决定办不成的事，只要几百的小鸟们协力起来，是能够容易地办妥的。"

"出色的故事呵，"水瓶说，"成年的人类们，要是懂得你的话，那就好了。是非常有益的故事呀。"

火柴盒子跃然地跳了一下。这是他每逢高兴时候，总必如此的老脾气。

"我先前是大树，用这树做出来的火柴盒子的数目，多到数不清。那很多的盒子，向着同在一处的孩子们，都讲这故事。这些孩子们长大起来，聪明起来，成了大人的时候，就会明白为了获得他们的权利，应该怎样地来解释这故事的意思才好的罢。"

大家都愉快地点点头。而且那正在伤心的毯子，也停止了她的叹息了。

铁壶的故事

第二天的傍晚，小彼得并不须等候多大的工夫。因为夜的最初的阴影才要落在屋子里的时候，物件们就已经大家低声开始在谈话了。那些里面，火柴盒子和水瓶，谈得最热烈。他们好像在什么时候，非常要好了似的这两个，比别的东西更聪明，更博识。所以在彼得，几乎懂不到他们的谈天是什么事。为什么呢，就因为用着各样外国话，所谈的又是彼得简直不懂的事情。他听了一会，无聊起来了，便悄悄地说道——

"请讲得好懂一点罢。我简直不能懂得呀。"

于是，搁在小小的火炉上的乌黑的铁壶，晃荡着身子，大声笑出了。完全是轻雷一般的笑声。水瓶向着他那边，发怒地说——

"为什么你在玩着那么怪样的笑法的？"

接着，火柴盒子讥诮道——

"我们可是并不觉得说了什么笑话呵。"

倔强的小小的煤，也发出笛子样的声音说——

"哼，自己哑子似的不开口，不来谈天，却从旁嘲笑别人的会话，那是容易的呵。"

乌黑的铁壶低下了笨重的头行一个礼，沉重地用了枯涩的声音答话了——

"实在对不起，诸君。我是决不想开罪诸君的。不过，我先前以为只有在人类的世界里才有的错误，现在却觉得你们似乎也陷在那里面，所以笑起来了。"

"说是什么？"胖胖的水瓶发了怒，回问说。

"你们不是在想使我们的小朋友——这彼得，明白起来么？然而你们却用了这孩子不会懂的繁难的话在谈天。说是什么'制度'呀，'资本主义'呀，他怎么懂得呢。我是一个没有学问的汉子，将这一类的事，都用'不好的事情''不对的事情'这些话来称呼。总之，你们想讲的事，是很好的，但那讲说的方法，却不高明。那样的人类，我知道很不少。他们写些填满着新名词呀，拉丁文和希腊文之类的外国话的，长长的，莫名其妙的文章，看见普通的人们不懂这是怎么一回事，就很看不起他们。"

"你的话也许是不错的，"火柴盒子说，"但是，也该还有再平稳一些的口气的呀。现在来讲一个故事罢，算是用了那么粗暴的说法的罚。"

"讲故事，实在是不行得很。"铁壶答道，"我是没有学问的汉子，不知道使用妙语的方法。况且喉咙里积着水渣，声音也枯嘎着。但是，倘要我讲，那就讲罢。因为直到现在，也见闻过各色各样的事情了呀。关于我的出生，我想什么也不讲。我的铁，也在火似的热度之中，成于流汗，咳嗽，辛辛苦苦，在有关性命的危险之中做工的人们的手里的。但是，这事，是水瓶太太已经给讲过了。

"总而言之，我是成为一个上品铁壶了。我并不是自称自赞，实在，是好模样，好色泽，漂亮的青年哩。年轻的铁盘们，都神魂颠倒地注视我。所以我结婚了好几回。总之，是那样地中了年轻姑娘们的意的。我曾经在上等人所住的又大又好的邸宅里居住过。所谓上等人者，就是使别人劳动，他来过活，自己却连一个手指也不动的人物。然而他们却正以这事为阔气，相信自己比在劳动人们还威风。我是住在那家的厨房里的。那地方，可口似的气息，纷纷四散。烹调着阔绰的食物。于是威风的人们，就将这吃满一肚子。便是将这彼得的家里的十天的饭菜，合了起来，也不够供那家的一回的肴馔的。有钱的人们，究竟怎么使肚子饿起来的呢？我简直不能懂。为什么呢，第一，是因为他们并不劳动，凡是会使肚子饿起来的工作，是一件也没有的。他们真是精选食品，无论什么，倘不是烹调得很出色，

就不合意，而且，还尤其喜欢吃这世上所没有的东西。"

"那是什么意思呢？"胖的水瓶问，"这世上所没有的东西，又怎么能够吃到呢？这可实在难懂了呀。"

"我所说的是，例如比自然成熟的更早，硬使成熟了的莓果和樱桃这些水果，还有菜蔬之类。那些东西，价钱都很贵的。上等的人们，是只要价钱贵，就觉得好吃，还是太性急，至于等不及水果的自然成熟了呢——这我可简直不懂了。

"就如刚才说过，我是住在厨房里的，然而里面的屋子里所发生的事情，也很知道。那缘故，是因为那时候，我和长长的好看的姑娘银茶壶，成了朋友了。她是英吉利产，原是读过很多的聪明的书的一个老人的东西。读书的时候，老人是定要喝茶的。茶壶在他近旁，一同读书，便成了非常聪明的学者，明白一切事，不像别的姑娘们一样，只在想些打扮和游玩的事了。她常常对我说，'沸滚的汤，灌进肚子里去，是并不舒服的。但我喜欢那老人，所以忍耐着。我不在旁边，老人就不能做工作。然而老人是并非为了自己，在做工作的。为要使世界和人类好起来，写着聪明的书。因为是要给他喝热茶，熬着辛苦的，所以归根结蒂，就成了我也帮助着老人的工作了。然而，这人家'——我的小朋友这样说着，往往非常愤慨，至于琥珀色的茶，从嘴里滴了下来——'这人家，是很不愉快的。十点半钟，我和别的早餐的物件一同，载在银盘上，饰着好看的花边的布，被搬到还在床上的这家的太太那里去，她年纪并不大，至于要睡得那么久，也并没有生什么病，而且还是年轻的强壮的女人哩。但她是非常懒惰的。我不很知道她的生活。她将早膳，比别的人们的午膳还吃得多。十一点钟左右起身，去洗澡，简直像很小的孩子一样，要使女给她穿衣裳。她将一整天，都用吃喝、散步、玩耍的事消遣过去了。我在这家里，已经住了四整年，但从来没有见过她做一件什么象事情的事情。还有，你以为有着这许许多体面的适意的东西的有钱的女人，至少，是心地慈祥，肯帮困苦的人们的罢？'茶壶很生气，至于使盖子拍拍的响起来，说，'她在街上遇着卖火柴的孩子，冷得索索地在发抖，也漠不关心，没有买，走过了。可怜的乞儿伸出手来，也毫不理会，走过了。而且高贵的妇人，还要虐待使女，连自己的孩子，也抛开不管的。只为了买漂亮的衣服和帽子，日日夜夜在想钱。我实在厌恶她呵。所以一有机会，我就在她的不做工作，不行布施，白白的懒惰的手上，给浇上些热热的茶去。'我的朋友这样说。据她说来，这人家还到处都是绢东西，塞满着柔软的椅子和美丽的物件，闪闪地，住起来很适意的。而且只有太太和丈夫和两个孩子，屋子却有二十间！"

"怎样，我就说过的。在人类的世界里，就是那模样呵！"火柴盒子大声说。"在我们森林的世界里，这样的事，即使想做，可也不许的。"

"我整两年，住在这体面的家里。"铁壶接续说。"这之间，我的身上有了孔了。于是那家的小子们，将久经刻苦做工的我的身子，并不修理好，却一下子就摔了出去。但是，在这讨厌的人家中，算是较有好心的年轻的厨子，却将我从垃圾箱里拾起，送给他的朋友了。

"于是我就看见了和先前两样的生活。成了人口很多的家族的一员。这家族中，有十个孩子。最大的是十二岁的少年，骨头上生着很凶的病，不能动弹的。最小的呢，是才到一岁的女儿。母亲是扫除女工，父亲是道路工人。唉唉，诸位，我在那地方，你们猜是见了什么呀？有钱人的家里，有着够养十个家族那么多的肉，但在这里，却一片肉也没有。至多，在什么节日，会有极少的一点点。有钱人呢，只四个人，就有二十间房子。然而我的新东家，家族有十二个，却只住着两间很小的昏暗的洞穴一般的房间。软的眠床不必提了，连椅子也没有。最惨的是冬天。虽然到了冬季，这家族也没有买煤的钱。所以孩子们都冻得吱吱地叫。父亲是一到冬天，就以敲冰为业的。他从工作回来的那可怜的模样，可真少有呵，冻得发白，眼里满是泪。

身体冷得索索地发抖，牙齿格格地在相打。有钱人在冬天去散步和旅行的时候，是穿着寒气透不进去的厚呢的，但整天非在风雪中劳动不可的穷人，却只穿着磨得看见了线底子的衣服。由那破孔，锋利的霜凛凛地一直沁进骨里去。

"有一天，是天气非常之坏的日子。父亲冻得连话也说不出，回家来了。牙齿格格地打着，咳嗽得很厉害。因为小小的屋子里，不烧煤已经两天了，所以是彻骨般的冷。'你要生病了。'母亲很忧愁，对着父亲说。'倘这样，我们怎么好呢？'

"'我想喝一点点什么热热的东西。'父亲格格地打着牙齿，回答说，'一个指头痛得真厉害。恐怕是冻坏了罢。'

"母亲哭了。'可是，能卖的东西，已经一样也没有了呀。'

"两个人向屋子里看了一遍。然而屋子里是寒冷，空虚。无论什么东西，已经都卖掉，当掉了。

"我的心悲痛了起来。我虽然是这样的莽汉，但从心里喜欢这我的新家族。我知道，如果母亲卖掉我，便可以买煤，煮些什么热热的东西，去给父亲吃的。但是，虽然这样想，卖掉之后，究竟是落在谁的手里呢，却也有些担心。母亲对我是常是很好的。小心地，着重地磨擦我。留着神，不碰到补好了破孔的我的有伤的处所。我想，莫非我又该送到毫不相识的恶意的人的手里去了么，便伤心起来了。

　　"然而，一看那哭着的母亲和生病的父亲，我又自愧我的这样想。我就一跳，砰的跳落在母亲的脚的正前面了。

　　"'铁壶！'她叫起来，'是的是的，还有铁壶哩！'

　　"她于是止住了哭，从眼睛上拿开手巾，就将我从地上捡起了。

　　"一个孩子跑了过来，摸着我说，'铁壶呀，好好地去罢。'听了这，我很高兴。有钱人呢，一到我为他们做得久了，生了病，便一下子将我抛掉了。但是，穷人一受帮助，却永久地永久地记得，决不忘却的。老实说，我是号啕大哭了呵。大的锈的眼泪落在地上，将雪也染黑了。然而，旧货店收买了我的时候，我却很喜欢。因为我想，这时候，一定是小屋子里烧着明晃晃的火，全家聚在火炉旁边，母亲从隔壁的主妇借了铁壶来，煮着什么暖热的东西，父亲是真心喜欢，用了枯嗄的声音，和善地在这样说——'一定就好，哪，妈妈。'一定是这样说着，自己还没有喝，却先将热热的东西，在给孩子们喝了的。

　　"在旧货店里，我只住了三天。我们的现在的朋友，小彼得的母亲将我买了来了。我在想，很愿意在这里住到死哩。"

　　这么说过，铁壶便闭了嘴。火柴盒子跳到他那里去，说道，"你是很出色的。给我们讲了出色的美的故事，多谢多谢。"

　　别的东西，也全都同声鸣谢了。

破雪草的故事

第二天，在小彼得是高兴的日子。最先，是来了医生，说从明天早晨起，起来也可以了，还有，中午时候，母亲拿了大大的报纸的包裹回家来，一面笑笑一面说——

"拿了好东西来了哩。"

母亲一张一张打开报纸来，从中现出了一个小小的暗红色的盆子，盆子里面，盛开着一株破雪草的花。

"啊啊，好看！"小彼得叫道，"这花，是从那里来的？"

"工厂里同在做工的马理姑娘，有一个做花儿匠的伯伯，那伯伯将花送给了马理姑娘的。马理姑娘知道你在生病，便将这转送给你了。"

彼得喜欢得了不得，然而时光的过去，还是太长，等得有些不耐。起来也可以了的明天，好像总是等不到似的。破雪草站在床边的桌子上，和气地向他看。彼得想，这花，一定知道着非常美丽的故事的罢。但是，他知道不到夜晚，物件们是不开口的，所以他对花什么也不问。

黄昏将到未到之际，火柴盒子已经一跳跳上了花盆，一面招呼，一面愉快地叫喊起来了——

"来得好，破雪姑娘！你是报告冬天就要收场的好消息的花。你肯讲自然的景致和我的树木弟兄的事罢。"

花摇摆着可爱的头来招呼，于是用铃一般爽朗的声音说——

"唔唔，春快到哩。你的树木弟兄们，都在长大起来了。大地的底里，动弹着新的生命。可恶的冬，虽然还以为自己是强有力的主子，但我们破雪草，已在唱他的葬式的歌。愚蠢的冬老头子，不知道叛逆他的正当的力，已在暗地发动，却还相信着用了他那可怕的家臣这霜和风和雪的力量，就能够永远地压迫，臣服一切的东西。倘在地上发现了一枝花，一些叶，便将它践踏死。然而，一枝花被杀害了，一枝花又开起来。而且每夜每夜，春都差遣了使者来告诉我们，'勇敢地做罢，决不要屈服呵。胜利是你们的！'"

"我知道冬，"铁壶喃喃地说，"他是极强的主子。不知道你们似的小小的孱弱的花和蕾，怎么能够胜过他的？"

"我们数目多，非常之多。况且在我们，又有着思想的力。冬呢，不过是为自己做事的，下劣的恶党罢了。但我们，却是为众人做事的。田里的麦，为了要将面包给予人类而结子。树木呢，就只为要送果子给人类，所以来开花。我们草花，是为要使人类快乐，这才生长起来的呀。春的使者教给我们了。怀着爱他人之心而做工，生活者，决不为何物所败；反之，只想自己的事，以贪欲之心而做恶事者，总有一时要被打败的。这春的使者的话，是永远地不变的法则呵。"

"在人类的世界里，不能也这样，这真可惜了。"毯子显着悲伤的脸相，叹息说。

但破雪草却这样地说了："就是人类的世界，也一样的。"

于是水瓶添上去说道："我们的世界里的冬和那家臣们，在人类的世界里，就等于有钱人。恶意的残酷的富人们，只为自己设想，简直不觉得仇敌在逐渐地增加。而且，恰如冬杀掉一朵花，便开了十朵花一样，在人类的世界里也发生这样的事。自然界的花，在人类的世界里，就等于正当的聪明的思想。思想是头里面开花的。所以，仇敌不能将这除灭。在人类的世界里，春也就要到了罢。"

"不错，"铁壶点点头。"我的朋友茶壶也在这样说。说是在一本出色的书里，读到了这事的。总有一个时候，人类也聪明起来，要这样地发问：'为什么我们——在辛辛苦苦做工的劳动者，过着快要饿死的生活的呢？为什么一点事也不做的他们，却在阔绰地，幸福地过活的呢？为什么他们有着一切东西，我们却什么也没有的呢？'于是劳动的辛苦着的多数的人们，协力起来，将懒懒的游惰着的少数的东西赶走。听说在书上，是这样地写着的。"

"这么一来，我的染料，也可以不必杀人了罢！"毯子高兴着，大声说。

"而且孩子们也不必在通红的玻璃工厂的地狱里受苦了。"杯子叫道。

"而且受冻挨饿，又无住所的人，也要一个也没有了。"火柴盒子扬起凯歌来。

"被压死在矿洞里的，也会没有了罢。在船肚子里发狂的，也会没有了罢。"煤们互看着脸，叫喊说。

"而且，我的母亲应该整天在工厂里那样的事，一定也要没有了！"连小孩子也叫了起来。

然而，显着总不惬意的脸相的铁壶，却用了枯嘎的声音说道，"只要人类们聪明到这地步呢，那自然。但是，他们还差得远。"

大家都沉默了。想到人类们的糊涂，心情成了阴郁。

唯有破雪草，听了春的使者的话，比别的谁都聪明了，提起那银一般响亮的声音说——

"我们花和树，也并不是大家全部聪明的。但是，有一种不知道是什么的东西，在驱策我们去和冬战斗。而且这一种东西，还来帮助我们。冬因为贪欲，给自己所做的一切，都成为我们的战斗的利益，我们无意中所做的一切，都使冬受伤。在人类的世界里，也一样的。只在他们，万事都一点一点发生得慢罢了。因为人类是比我们活得久呀。"

"是的，"火柴盒子叫道，"正如你的话。在人类的世界里，永久之春也就会来的罢。只是他们应该由战斗得到！"

大家都沉默着点头。破雪草站了起来，摇着白色的花冠，用银一般响亮的声音歌唱了。砰，硼，砰，硼。

那声音，恰如将冬送进坟墓，高兴春的近来似的，高亢地，响亮地响彻了各处。

高爾基 著

魯迅 譯

俄羅斯的童話

文化生活叢刊

III

俄羅斯的童話

MAXIM GORKY

魯迅 譯

文化生活叢刊
第 三 種

3 1771 9212 1

中華民國二十四年八月初版
中華民國三十六年八月五版
文化生活叢刊
第 三 種
巴 金 主 編

發 行 人
吳 文 林

發 行 所
文化生活出版社
上海鉅鹿路一弄八號
重慶國民路一四五號
漢口交通路二十四號
成都祠堂街八十四號

印 刷 所
文化生活印刷所

俄羅斯的童話
高爾基 著
魯迅 譯

定價四元八角

壞孩子

A P. 契訶夫作

和別的小說八篇

魯迅 譯

文藝連叢之三 ● 聯華書局發行

1936

安敦·契訶夫：

壞孩子

和別的奇聞

文藝連叢之一

魯 迅 譯

V. 瑪修丁 木刻插畫

三閒書屋印造

1935

每册實售一角五分

前　記

司基塔列慈 (Skitalez) 的"契訶夫記念"裏,記着他的談話——

"必須要多寫!　你起始唱的夜鶯歌,如果寫了一本書,就停止住,豈非成了烏鴉叫!　就依我自己說:如果我寫了頭幾篇短篇小說就擱筆,人家決不把我當做作家!　契紅德!　一本小笑話集!　人家以爲我的才學全在這裏面。　嚴蕭的作家必說我是另一路人,因爲我祇會笑。　如今的時代怎麼可以笑呢?"　(耿濟之譯,"譯文"二卷五期。)

這是一九〇四年一月間的事到七月初,他死了。　他在臨死這一年,自說的不滿於自己的作品,指爲"小笑話"的時代,是一八八〇年,他二十歲的時候起,直至一八八七年的七年間。　在這之間,他不但用"契紅德"(Antosha Chekhonte) 的筆名,還用種種另外的筆名,在各種刊物上,發表了四百多篇的短篇小說,小品,速寫,雜文,法院通信之類。　一八八六年,才在彼得堡的大報"新時代"上投稿;有些批評家和傳記家以爲這時候,契訶夫才開始認眞的創作,作品漸有特色,增多人生的要素,觀察也愈加深邃起來。　這和契訶夫自述的話,

這里的八個短篇，出於德文譯本，却正是全屬於"契紅德"時代之作，大約譯者的本意，是並不在嚴肅的紹介契訶夫的作品，却在輔助瑪修丁（V. N. Massiutin）的木刻插畫的。 瑪修丁原是木刻的名家，十月革命後，還在本國爲勃洛克（A. Block）刻"十二個"的插畫，後來大約終於跑到德國去了，這一本書是他在外國的謀生之術。 我的翻譯，也以紹介木刻的意思爲多，並不著重於小說。

　　這些短篇，雖作者自以爲" 小笑話"，但和中國普通之所謂"趣聞"，却又截然兩樣的。 牠不是簡單的只招人笑。 一讀自然往往會笑，不過笑後總還剩下些什麼，——就是問題。 生瘤的化裝，蹩脚的跳舞，那模樣不免使人笑，而笑時也知道：這可笑是因爲他有病。 這病能醫不能醫。 這八篇裏面，我以爲沒有一篇是可以一笑就了的。但作者自己却將這些指爲"小笑話"，我想，這也許是因爲他謙虛，或者後來更加深廣，更加嚴肅了。

　　一九三五年九月十四日

　　　　　　　　　　　　　　　　　譯　者

ii

小彼得

H·至尔·妙倫著

鲁　迅譯

少年儿童出版社

H·至尔·妙伦

小 彼 得

鲁 迅 譯

少 年 儿 童 出 版 社

内 容 提 要

小彼得是女作家H·至尔·妙伦的短篇童話集。这个譯本，是魯迅先生在1929年譯成的。这本书介紹到中国来以后，曾經敎育了不止一代的中国讀者。直到今天，这本书还有重大的敎育意义，它向我們揭露了資本主义社会的不合理現象。

在資本主义国家，矿厂等都是資本家的私有財产。資本家靠了这些生产資料来压迫、来剥削劳动人民。本书作者通过六篇連貫的童話，写出了在資产阶級統治下，煤矿工人、玻璃厂工人、染色厂工人、輪船上的司爐等所过的地獄般的非人生活；資本家一点不劳动，却过着奢侈的生活。这种不合理的現象，将随着推翻旧的社会制度，实行无产阶級专政而改变过来。

小　　彼　　得

H·至尔·妙倫著　魯　迅譯　朱銘善裝幀

少 年 儿 童 出 版 社 出 版
（上 海 延 安 西 路 1538 号）
上海市书刊出版业营业許可証出 014 号

上海洪兴印刷厂印刷　新华书店上海发行所发行　各地新华书店經售

书号：譯 2039　（高）开本 737×1092 毫米 1/28　印張 2 1/14　字数 26,000

（原人民文学版）　1955 年 9 月新 1 版　1962 年 12 月第 2 版第 9 次印刷　印数 171,721—175,720

統一书号：F 10024·730
定价：（6）0.19元

小引

這是我從去年秋天起陸續譯出用了「鄧當世」的筆名向譯文投稿的。

第一回有這樣的幾句後記：

「高爾基這人和作品，在中國已爲大家所知道，不必多說了。

「這俄羅斯的『童話』共有十六篇每篇獨立雖說『童話』其實是從各方面描寫俄羅斯國民性的種種相，並非寫給孩子們看的。發表年代未詳恐怕還是十月革命前之作；

今從日本高橋晚成譯本重譯原在改造社版高爾基全集第十四本中。」

第二回對於第三篇又有這樣的後記兩段：

一

一個青年，明知道這是壞事情，卻對自己說——

「我聰明，會變博學家的罷這樣的事在我們容易得很。」

他於是勤手來讀大部的書籍他實在也不蠢悟出了所謂知識就是從許多書本子裏，輕便地引出證據來。

他讀透了許多艱深的哲學書，至於成爲近視眼，並且得意地攏着被眼鏡壓紅了的鼻子，對大家宣言道——

「哼就是想騙我，也騙不成了據我看來，所謂人生，不過是自然爲我而設的羅網！」

「那麼，戀愛呢？」生命之靈問。

「阿多謝！但是幸而我不是詩人不會為了一切乾酪鑽進那逃不掉的義務的鐵柵裏去的」

然而他到底也不是有什麼特別才幹的人，就只好決計去做哲學教授。

他去拜訪了學部大臣，大臣說──

「大人我能夠講述人生其實是沒有意思的，而且對於自然的暗示，也沒有服從的必要。」

大臣想了一想，看這話可對。

於是問道──

「那麼，對於上司的命令，可有服從的必要呢？」

「不消說當然應該服從的！」哲學家恭恭敬敬的低了給書本磨滅了的頭，說。「這就叫作『人類之欲求』……」

「唔，就是了，那麼，上講臺去罷月薪是十六盧布但是，如果我命令用自然法來做教授資料的時候聽見麼——可也得拋掉自由思想遵照的啊！這是決不假借的」

「我們生常現在的時勢爲國家全體的利益起見或者不但應該將自然的法則也看作實在的東西而逐得認爲有用的東西也說不定的——部份的地」

「哼什麼誰知道呢」哲學家在心裏叫。

但嘴裏却沒有吐出一點聲音來。

他這樣的得了位置。每星期一點鐘站在講臺上，向許多青年講述。

「諸君人是從外面，從內部都受着束縛的自然是人類的讎敵，女人是自然的盲目的器械。從這些事實看起來，我們的生活是完全沒有意義的」

他有了思索的習慣，而且時常講得出神眞也像很漂亮很誠懇年青的學生們很高興，給他喝采。他恭敬的點着禿頭。他那小小的紅鼻子感激得發亮就這樣地什麼都非常合適。

3

壞 孩 子

伊凡·伊凡諾維支·拉普庚是一個風采可觀的青年，安娜·綏米諾夫娜·山勃列支凱耶是一個尖鼻子的少女，走下峻急的河岸來，坐在長椅上面了。 長椅擺在水邊，在茂密的新柳叢子裏。 這是一個好地方。 如果坐在那里罷，就躲開了全世界，看見的只有魚兒和在水面上飛跑的水蜘蛛了。 這青年們是用釣竿 網兜，蚯蚓罐子以及別的捕魚傢伙武裝起來了的。 他們一坐下，立刻來釣魚。

"我很高興，我們到底只有兩個人了。"拉普庚開口說，望着四近。"我有許多話要和您講呢，安娜·綏米諾夫娜…… 很多…… 當我第一次看見您的時候…… 魚在喫您的了…… 我才明白自己是爲什麼活着的，我才明白當供獻我誠實的勤勞生活的神像是在那里了…… 好一條大魚…… 在喫哩…… 我一看見您，這才識得了愛，我愛得你要命！ 且不要拉起來…… 等牠再喫一點…… 請您告訴我，我的寶貝，我對您起誓：我希望能是彼此之愛——不的，不是彼此之愛，我不配，我想也不敢想，——倒是…… 您拉呀！"

安娜·綏米諾夫娜把那拿着釣竿的手，趕緊一揚，叫起來了。空中閃着一條銀綠色的小魚。

譯 者 後 記

契訶夫的這一羣小說，是去年冬天，爲了"譯文"開手翻譯的，次序並不照原譯本的先後。 是年十二月，在第一卷第四期上，登載了三篇，是"假病人"，"簿記課副手日記抄"和"那是她"，題了一個總名，關之"奇聞三則"，還附上幾句後記道——

以常理而論，一個作家被別國譯出了全集或選集，那麼，在那一國裏，他的作品的注意者，閱覽者和研究者該多起來，這作者也更爲大家所知道，所了解的。 但在中國却不然，一到翻譯集子之後，集子還沒有出齊，也總不會出齊，而作者可早被壓殺了。 易卜生，莫泊桑，辛克萊，無不如此，契訶夫也如此。

不過姓名大約還沒有被忘却。 他在本國，也還沒有被忘却的，一九二九年做過他死後二十五週的紀念，現在又在出他的選集。 但在這里我不想多說什麼了。

"奇聞三篇"是從 Alexander Eliasberg 的德譯本 "Der persiche Orden und andere Grotesken"(Welt-Verlag, Berlin, 1922)裏選出來的。 這書共八篇，都是他前期的手

出 版 說 明

——关于小彼得和原作者海尔密尼亚·至尔·妙伦

　　小彼得是女作家海尔密尼亚·至尔·妙伦的短篇童話
集。这个譯本，是魯迅先生 1929 年从日文轉譯过来，介紹
給当时中国少年儿童閱讀的。现在的少年讀者生长在幸福
的社会主义制度下的新中国，恐怕很难想象出三十多年前
旧中国的劳动人民过着多么痛苦的生活和少年儿童严重地
缺乏优秀儿童讀物的情况。魯迅先生介紹这本揭露资本主
义罪恶制度的童話給深受帝国主义、官僚資本主义、封建主
义压迫的旧中国的少年儿童讀者，有着深刻的意义。

　　对于今天新中国的少年讀者，从小彼得中，也依然可以
获得有益的教育。从这本书中，少年讀者可以看到在资本
主义国家里，一小撮資本家、地主占有了工厂、土地、矿山、
森林，残酷地压迫、剥削劳动人民的罪恶活动。小彼得是一
个跌折了腿、冻臥在床上的穷孩子，他的媽媽整天在工厂里

煤 的 故 事

　　小小的彼得去溜冰，把腿跌折了。就只好从早到夜，靜靜的躺在床上。非常之无聊。因为母亲是整天的在外面工作，同队玩耍的朋友呢，又都在外面的雪地里，耍得出神，全不想到来看生病的人了。但是，白天的时候，亮亮的，太阳光从窗戶間射了进来，将愉快的影子映在壁上，小孩子还可以独自有些喜欢。一到夜，狭小的房渐渐昏暗起来，小彼得便也跟着觉得胆怯，只等着在楼梯上面，听见母亲的足音。况且母亲不回来，小小的火炉里不生火，也是冷得挡不住的。

　　那一天，从早上起，就下雪。彼得从眠床上，望着长的棉花似的白白的綫，落了下来。到底是周围都烏黑了。他受了冻，不知怎地心里有些害怕，凄凉，只靜靜地躺着。

　　于是，忽然，好象听到在那里的地板上，有什么在窃窃私語。他吃了一吓，侧着耳朵听。听到装着很少的一点煤的煤箱里,有两个温和的低微的声音。小孩子很吃惊了。吃惊到几乎透不过气来了。然而,在寂静的屋子里,輕輕的私語声却漸漸地大了起来。那是煤块們在談話。

"这里是多么暗呵,"最在上面的煤說。"不是什么也看不见么?"

"我先前住过的地方,还要暗得多哩。"别的一块煤道。

"你原先是住在那里的?"

"住在土里的呀,兄弟。我是埋在土里睡着的。那是又温暖又舒服的地方,周围是数也数不清的弟兄們,塞得滿滿的睡着的。可是有一天, 眠床荡荡的搖了起来,发一声大

响,我就醒来了。泥土开裂,我骨碌骨碌的滚了出去。这之后,就掉在一条狭窄的矿洞里。又狭,又低,倘是人,是简直站不直的道路。在这里,有一个人。脊梁弯得象弓一样,正在

火柴盒子的故事

第二天的日子,在小彼得实在似乎过得长,总是等不到傍晚。不知道煤块可还要谈天,讲些什么有趣的事情不?

在一夜里,他尽做了些深的漆黑的矿洞和漂在大海上的大汽船的梦。于是只在等候,今晚上又可以听到什么新的故事了罢。

然而,夜虽然偷偷地进了屋子里,用那黑色的氅衣将四近遮得漆黑了,但这是怎么的呢,火炉的屋角里却静悄悄,什么话声也听不到。

孩子的眼里浮出眼泪来了。一到黄昏便可以听故事,整一天高兴地等候着的,可是那可恶的煤块們,却不是一声也不响么?他立刻凄凉起来。母亲每天去作工,自己生着病,总得这样地只有一个人在躺着。已經熬不住了,眼泪滴滴的落了下来。于是那孩子就放声呜呜咽咽的哭起来了。

他一哭,忽然听到了和气的声音——

破雪草的故事

第二天，在小彼得是高兴的日子。最先，是来了医生，說从明天早晨起，起来也可以了，还有，中午时候，母亲拿了大大的报紙的包裹回家来，一面笑笑一面說——

"拿了好东西来了哩。"

母亲一张一张打开报紙来，从中现出了一个小小的暗紅色的盆子，盆子里面，盛开着一株破雪草的花。

"阿阿，好看!"小彼得叫道。"这花，是从那里来的?"

"工厂里同在做工的馬理姑娘，有一个做花儿匠的伯伯，那伯伯将花送給了馬理姑娘的。馬理姑娘知道你在生病，便将这轉送給你了。"

彼得喜欢得了不得，然而时光的过去，还是太长，等得有些不耐。起来也可以了的明天，好象总是等不到似的。破雪草站在床边的桌子上，和气地向他看。彼得想，这花，一定知道着非常美丽的故事的罢。但是，他知道不到夜晚，物